그리움이 거기 머물거든

엄태양 글 모음집

반달뜨는꽃섬

그리움이 거기 머물거든

프롤로그(prologue)

그리움은 아직 거기 있다

그리움은 떠난 것이 아니라 말을 잃은 채 남아 있는 것이어서, 사람 하나가 지나간 뒤에도 방 안에 남는 체온처럼, 오래 불린 이름이 공기 속에서 늦게 가라앉는 것처럼, 이 책의 문장들은 처음부터 끝까지 그 남아 있음의 감각을 따라간다.

누렁이의 젖은 눈동자와 부엌에 퍼지던 국의 김, 겨울밤 이불 속에서 혼자 숨을 고르던 시간과 마루 위에 가지런히 놓인 고무신 두 짝 같은 것들은 특별하지 않아서 더 오래 사람을 붙들고, 누구의 삶에도 있었으나 쉽게 말이 되지 못한 채 사라졌던 풍경들로서 여기 다시 불려 나온다. 어머니는 말보다 기다림으로 살았고 그 기다림은 늘 제자리에서 자식을 향해 열려 있었으며 떠난 뒤에야 비로소 그 무게를 알게 되는 사랑이란 늘 그런 것이어서 이 책의 문장들은 울지 않고도 충분히 아프고 설명하지 않아도 깊이 닿는다.

세월은 저자를 조명이 밝은 곳과 박수가 많은 자리로 데려 갔지만 그 모든 시간의 끝에서 남은 것은 화려함이 아니라 사 람의 흔적이었고 아무 조건 없이 내어주던 체온과 말없이 곁 에 서 있던 존재들의 침묵이었으며 가난은 비극이 아니라 버팀 이 되었고 상실은 끝이 아니라 다시 사람을 향해 걷게 하는 방 향이 되었다. 이 책은 삶을 단정하지 않고 다만 삶이 어떻게 한 인간을 사람으로 남게 했는지를 조용히 보여주려 한다.

『그리움이 거기 머물거든』은 과거를 붙잡기 위한 책이 아니 다. 그리움이 삶을 망치지 않도록, 오히려 사람을 사람답게 붙 들어 두는 힘이 될 수 있음을 말하는 책이다. 읽다 보면 어느 순간, 자신의 이야기처럼 느껴지는 장면이 있을 것이다. 그때 이 책은 비로소 제 역할을 다한다.

그리움이 아직 떠나지 않았다면
이 문장들 사이에 잠시 머물러도 좋겠다.

목차

3부, 끝까지 남는 것에 대하여

1부

그리움이 살았던 시간

그리움이 거기 머물거든

조금 그럼
얼른 잊어주오

그냥 그럼
그런가 보다 해주오

많이 그럼
널 그리는
내 맘 인가 생각해 주오
여기 머문 내 맘이
다른 그리움으로
덮히기 전에

유혹의 속삭임(상혼)

꽃잎이
활짝 피우려면
기다리다
만개해야 할 것을 봉우리도 맺기 전에
달콤한 봄바람만
불어서 넣는구나 그 속삭임에
필지도 모르는 나는
휘둘려 치는 겨울 물에 빠져
가라앉아 버렸네 방긋 웃는다
너만 보면
실음 실음 아팠던
청춘의 삶들 알면서 접기로 하고
몰라서 가기로 한
오롯이
혼자서 서글펐지만
피해 주지 않았던

과거 속의

정지된

나

이제 흐르는 시간 속에 놔 줘야 하는 준비가 되지 않은 여전
히 뒤틀린 생각들

그 마음길 따라

흔적이 나부끼는 바람 찾아
당신을 쫓아왔지만
조금 더 간
몇 갈래 사연 길에
후회라는 눈물 속 작정을 품고 품어서
내 심장이 너무 아파 견딜 수 없어
돌아서기 한번 하기로
몇십 년 걸린 내 선택
외로운 사랑 찾은 내 탓이어라

이명

째깍째깍 울리는 초침 소리
윙윙 찌익 때리는 이명 소리
모든 것들이 나를 바쁘게 몰아세우고
겹겹이 상황을 나쁘게 말아 높이고
스트레스 안 받는 인간 삶이 존재하는가 싶기도 하지만
살아가고 있음에 살려고 쏟아내는 비방의 함정에
혹시 하는
내 마음과 똑같아서
얇고 얕은 허탈한 이명으로
이 밤 웃는다

고무신 두 짝

댓돌 위에 놓인 고무신 두 짝

세월을 걸어오신 당신의 흔적 위에
빛바랜
사진
속
그리움만 홀연이
남겨두시고
세상 아프고

슬픈 자식 사랑
짊어지시며
떠나시던 날도

고무신 두 짝만
오롯이 남겨두시고

맨발로 걸어가신
당신 나이에

퍼뜩 든
생각들에
놀라 가슴 메이어

벙어리 눈물만 끔뻑이네요

내가 되었구나

나를 가지실 때부터 먹고 입고 하고 싶으신 것도 참으셨고 낳아서 키우실 때 당신의 걱정과 기도와 사랑으로 뼈와 살을 조금씩 뜯으시어 이 몸 붙이셔 사람 되게 만드셨네. 네 몸 커져 갈 때 당신들은 마른 갈대마냥 껍데기만 남으셨고, 그 모습 보기 서럽고 미안하고 고맙기도 해서 버럭버럭을 하며 돌아선 그 맘이 눈물도 앙큼스러워 사라져 버렸네. 홀로 먼 길 가시던 날 울고불고 몸서리 쳐봐도 그 흔한 마음 한번 못 보여드린 둔하고 아픈 후회만 가득 남은 내가 되었구나

차별 (다름)

힘든 하루
나도 몰래 포개진 두 손
유독 한 손이 무거워 지내요
똑같다 그렇네 양보 없이
사용됐다고 생각했는데
누구의 지적도
어떤 손놀림도 없어진 혼자인 시간
기도하기 위해 살포시 맞잡은 두 손이
이렇게 다르게 아프다고 항의를 하네요
오른손이 아파서 무거워 왼손이 무거워 아파서

길

사람들이 제일 비겁한 것은

누구나 마땅히

가야 할 길을 못 가게

막아서는 것입니다.

자기들의 이기심으로 인해......

너야

누군가를 믿지 못하면 내가 더 슬퍼지는 거야
세상에 아프지 말고 사람들에 다치지 않기 위해 그런 속임
은 어른이면 필요한 거야 그러면 됐지, 그렇게 살아가다 보면
그윽한 사람이 되어가겠지 그래서 힘들면 억지로라도 웃으며
노력해 보는 거야 그런 멋진 생각을 할 수 있어서 너는 최고인
거야 그는 너야 알았지, 사랑해

죽어야지 끝나는 삶인데-누렁이

어렸을 때 중간 정도 송아지보다는 매우 큰 소를 키웠었다. 학교가 끝나서 집에 오면 어김없이 소 끈을 잡고 풀을 먹이러 내 몸짓보다 훨씬 큰 누렁이를 앞장세우고 나는 끌려가듯이 뒤를 따랐다. 평평한 뚝방 위에 도착하자마자 잡은 끈을 놓아버렸다. 그럼 다른 소들은 도망을 가거나 날뛰거나 하지만 누렁이는 그냥 조용하게 풀을 맛있게 뜯어 먹었다. 선천적으로 착하게 태어났는지 어린애가 저를 잡아끌고 다녀 봤자 얼마나 힘이 있을까, 마냥 누렁이는 한 번도 내가 당황할 수 있는 행동을 하질 않았었다. 두어 시간 풀을 먹이면 해가 뉘엿뉘엿 지는 뚝방을 지나서 누렁이 목줄을 잡고 연기가 모락모락 피어나는 집을 향했다.

어렸을 적부터 누렁이는 항상 자기가 나를 리드하듯이 앞장을 섰고 나는 그 듬직한 모습을 추종하듯이 뒤를 따랐다. 어린 나이에도 얼마나 뿌듯하고 믿음직스럽든지 가끔은 아니 자주 사람보다 낫다는 생각이 들 정도였다. 무럭무럭 잘 자라 새끼를 배고 송아지를 낳았다. 그 시절 시골에서 고추와 맞먹는 현금은 소를 키우는 것이었다.

어려운 시골 살림살이에 대학교 등록금 해결 문제는 항상 부모님을 바쁘고 힘들게 했고, 우리 형제들 또한 분주하고 여유가 없는 유년기를 보내게 했다. 그런 의미에서 우리 집 누렁이는 일 년에 한 번씩 송아지를 낳아줘 가장 큰 꼴딱 숨통을 트게 해 주었다. 송아지가 태어나서 젖을 뗄 무렵 사람으로 말하면 이유식을 끝내고 밥을 먹게 되는 것인데 그러면 몇 달 지나 새벽 우시장으로 각자의 또 다른 기다리는 운명을 향해서 엄마 소와 작별을 해야 했다.

누렁이는 특별했다. 송아지가 있을 땐 들에서 밭갈이가 끝나면 목줄을 쥐고 따라가기가 힘들게 빠른 걸음으로 걸어갔다. 어린 나이에 따라가기 버거울 정도가 되면 그냥 끈을 놓아 버렸다. 다른 소 같으면 논으로 밭으로 달려 들어가서 농작물을 뜯어 먹고 껑충껑충 뛰어다니는 게 흔한 일이었다. 하지만, 우리 누렁이는 송아지가 기다리는 마구간으로 정신없이 달려가 힘든 몸을 이끌고도 내색 한 번 없이 젖을 먹이는 모성애를 보여주었다.

그런 엄마의 모성애를 먹은 송아지가 무럭무럭 자라서 소차에 실려 팔려나가는 날 희한하게도 그 소 차 소리만 들리면 얌전하던 누렁이는 음매 음매 하고 그 큰 두 눈에 눈물까지 그렁그렁하면서 자식과 강제적으로 맞은 이별 앞에 목 놓아 울었다. 그런 날 이후엔 그 좋아하는 풀도 맛있게 먹던 옥수

수 사료도 일절 며칠 동안 식음을 전폐하듯
이 힘들어하면서 마치 자기 새끼를 찾아오
라는 듯이 울었다.

그럼 난 누렁이 곁으로 가 떠난 송아지의
빈자리라도 채우듯 등을 만져 주며 쓰다듬
고 그런 세월의 반복되는 누렁이 삶에 같이
울어 주었다. 그 시절 아버지께 혼이 나면
자주 숨어들어 간 곳도 누렁이가 있던 소똥
냄새가 가득한 마구간이었다. 다행히 아버
지의 무서운 눈을 피할 수 있었던 것은 듬직
한 누렁이의 몸짓 덕분에 작고 어렸던 내 몸
을 안전하게 숨길 수 있었기 때문이다. 마치
알기라도 하듯이 누렁이는 잠자는 숨소리도
고르게 내었다.

어른이 된 지금 소똥 냄새가 기분 나쁘
지 않게 드는 것은 그때 누렁이 냄새가 있
었기 때문일 것이다. 그렇게 누렁이와의 삶
도 반복되는 시간 속에 누렁이는 더 이상 송
아지를 낳을 수 없을 정도로 나이 들어갔었
고, 작았던 몸집의 내가 커질수록 마구간 속

의 누렁이는 밤마다 앓는 소리를 내며 힘들어하면서 말라갔다. 야속하고도 슬프지만 누렁이와의 함께하는 시간은 거기까지인 것 같았다. 누렁이가 아직 제값을 받을 수 있을 때 파신다는 아버지의 말에 항의도 해보았지만 힘든 형편에서는 말도 안 되는 계란으로 바위 치기였다.

드디어 소차가 왔다. 며칠 전부터 늙은 호박에 콩에 옥수수에 내 애틋한 나만의 사랑을, 감히 미안한 마음을 소죽 끓이는 것에 담아 주었다. 그런 맘을 알기라도 하는 듯 다행히도 맛있게 먹어주었다. 드디어 누렁이의 마지막 길 소차가 오고 실으려는 순간 누렁이는 발판으로 올라가지 않았다. 앞에서 소 상인은 고삐를 끌고 뒤에서는 밀고 누렁이는 안 가려고 버팅기는 실랑이는 항상 사람들의 잔인하고 못된 현실의 승리였다. 그렇게 울며 누렁이는 팔려 갔다. 뒤늦게 알았지만 아버지께서도 누렁이를 파신 일에 너무 힘들고 미안해하셨다고 했다. 그런 사람 같았던 누렁이가 사라지고 나서 나

역시도 충격에 휩싸여 정신 줄을 놓았었다. 두 번 다시는 소와의 우정을 맺지 않으리라고……

겉모습이 중요한 시대를 지금 살아가고 있다. 갖춰진 형태의 겉모습도 중요하지만 그 속에 담긴 실체가 진짜인지 가짜인지가 정말 정말로 소중하다고 생각한다. 마지막 생애까지 모든 것을 아낌없이 주고 간 누렁이 사람보다 나은 삶을 분명 살았다. 동물로 태어났지만 사람보다 더 나은 모습들을 보여주는 생명들이 있는가 하면 사람으로 태어났지만 동물보다 못한 모습들을 보여주는 생명들이 요즘 세상에서는 많이 있지를 않은가? 한 번 정도는 꼭 생각해 볼 일이다.

겨울비 내리는 이불 속 밤

겨울비님이 내리고 있다.

새벽 두 시가 훨씬 지난 시간 전날 마신 술의 숙취로 선잠이 깨고 내리는 빗소리를 그리고 있다. 아직 소년 소녀 하다. 보일러 고장으로 집 공기는 쌰 하지만 복덩어리 전기장판 덕분으로 몇 사람의 체온을 대신해서 몸살은 면한 것 같으다.

홀로 누운 침대에 켜놓은 전기장판,
따뜻한 이불,
내리고 있는 겨울비,
차가운 방 안 공기,

　내 몸은 이불 속으로 깊이 더 깊이 커피 프림 마냥 녹아들어가고 있다. 도로 위를 달리는 창문 밖 세상의 차 소리들, 저 차안의 내가 아님과 이 순간 이불 속에 있음을 몇 번이고 감사하며 소소하게 피어오르는 작은 생각들에 피식 웃으며 달아나려는 잠을 쫓아 달려가는 내 모습이 사랑스럽다. 겨울비 내리는 이불 속 밤

토란 대국

비가 부슬부슬 내리는 장마철이 다가왔
다 모든 식물이 살을 오동통 올리며 나 잡아
잡숴 하며 제각각의 모습으로 뽐내며 빗방
울 소리에 맞춰서 춤추며 자라고 있다. 바쁘
게 움직이시던 농사일도 장마철이 되면 잠
시나마 일손을 쉬고 손이 많이 가는 음식도
해 드셨다.

비가 추적추적 내리는 풀밭 길을 자식들
이 밉다고 쓰지 않던 우산대 하나 부러진 찌
그러진 우산을 드시고 토란밭으로 엄마께선
비를 반을 맞으며 걸어가셨다. 큰 낫을 드시

고 유월의 태양 빛을 한껏 받으며 야자수 이파리마냥 넘실대며 빗방울에 흔들리는 토란 줄기를 쓱싹 베시며 한 움큼 안으시고 집으로 가져오셨다.

빗물이 골을 이루어 쏟아져 내리는 양철 쇳조각 판에 다다닥다다닥 소리를 들으시며 흙 마당 구석에서 베어오신 토란을 장갑도 끼지 않으신 채 그 따가운 껍질을 차곡차곡 벗기시고, 보드라운 잎사귀는 몇 조각으로 칼집을 내어 쪼개 놓으신다. 보통 토란 잎사귀는 잘 먹진 않지만, 잎을 피운 지 얼마 안 된 어린 순이나 커도 연한 것들은 국에 집어넣는다. 그러면 토란대만 들어갈 때보다는 훨씬 식감이 보드랍고 목 넘김이 좋아진다.

손질을 다 한 토란대와 잎은 한쪽 손잡이가 달아난 조금 찌그러진 큰 양은 냄비 이양은 냄비는 버릴 때가 되었지만 울 엄마께선 너무 가볍고 편하다 하시며 버리지 못하셨다. 나중에 안 이야기지만 엄마께선 정이 드셔서 쉽사리 처리하지 못하셨다 했다. 항상 엄마의 요리도구 중에 무엇보다 1순위는 이 양은 냄비였다. 석유곤로 위에 이 만능 최애 냄비에 물을 끓여서 담구어 토란대의 독한 성분을 삶아 놓으신다.

지금은 흔하디 흔한 굵은 국물 멸치도 그 당시 귀하디귀한 시골 밥상에선 조연이 아닌 주연이었다. 굵은 국물멸치는 내장을 다 듬지 않아야 더 깊은 맛이 나신다며 한 줌 듬뿍 최애 냄비에 힘껏 넣고 물을 끓여주시고, 뒷밭에서 뽑아 오신 가는 실파를 씻으시고 마늘은 찧어 두시고 삶아 두셨던 토란대 잎을 같이 넣고 끓이신다. 한소끔 펄펄 끓여 멸치 맛이 우러나면 실파, 마늘, 고춧가루, 청양고추를 넣고 또 한소끔 더 끓이신다. 토란대에 멸치육수 맛이 자작하게 배어들 때면 밀가루를 물에 개어서 녹말 물을 만드셔서 부으시고 살짝 한 번 더 끓이면 우리 집 토란대 국이 완성된다.

한번은 사촌 동생이 고추를 따주려고 우리 집 일손을 보태주러 온 적이 있었다. 엄마의 토란 대국은 유명세를 탄지라 그날도 어김없이 큰 양은 냄비에 듬뿍 끓여서 가족들과 사촌 동생이 나누어 먹고 있었다. 다들 맛있다고 한 그릇 더 달라며 목구멍으로 넘기기 속도전을 벌이고 있을 때쯤 사촌 동생이 초록색의 토란잎을 국그릇에서 드러내며 "큰엄마 이거요" 그랬다. 모든 사람의 시선은 동생으로 향했고 동생의 숟가락에 딸려 나온 것은 토란 잎사귀가 아닌 설거지 하면서 쓰는 파란 수세미였다. 급하게 같이 고추 따고 오셔서 배고픈 가족들을 빨리 먹이겠다고 하신 마음에 데칠 때 수세미까지 넣고 끓이신 것 같으시다. 그 순간 그 동생과 가족들은 삼키지도, 뱉어내지도 못하는 진퇴양난의 최애 토란국 수난사를 겪게 되었다.

엄마께선 "끓여졌으니 안 죽는다고 맛있게 먹었으면 되었지" 무슨 자신감인지 미안한 마음인지 그 순간을 순삭 정리해 버리셨다. 엄마께서 돌아가시고 몇 년 뒤 사촌 동생과 술 한잔할 기회가 있어 몇 잔 들이키다가 동생이 그때 그 토란국 얘기를 해 주는 것이었다. 나는 세월에 묻혀서 까맣게 잊고 지냈는데 말이다. 요즈음 같았으면 수세미가 나왔다면 토하고 버리고, 엄마라도 따지고 넘어갔을 것이다.

내장을 제거하지 않은 뼈가 억센 국물 멸치나 수세미가 들어갔지만 들어내고 먹을 식재료가 부족한 그 시절에는 웬만하면 먹는다는 허기를 채우는 부족함 속에서 오는 모든 것들에 귀중함을 몸소 느끼면서 감사하며 살았던 것 같다. 지나치게 풍요함이 사람들은 그로 인해 사라져 가는 것들에 소중함을 모른 채 당연시해 버리는 게 두렵기까지 하다.

다부랑죽(갱죽)과 고구마

황금빛에 강렬한 가을 햇살을 마음껏 받
고 넘실대며 춤추던 모든 곡식의 감사함이
넘치는 추수가 끝나면 잠 깐이나마 하얀 쌀
밥의 달콤함을 맛보았었다. 그것도 잠시 무
엇보다도 자식들의 학비 마련을 위해서 부
모님께선 근검절약으로 더욱더 아끼고 아끼
셨다.

쌀은 공판을 통해서 수매해서 돈을 마련
하셨고 콩과 같은 잡곡들은 고르고 다듬으
셔서 오일장에 내다 파셨다. 지금은 기후변
화로 인해 겨울이 따뜻해졌지만, 그 시설은

유독 춥고 혹독한 아프고 길었던 시절이었
다. 돈이 될 수 있었던 것은 마늘 한 쪽이라
도 내다 팔 상황이어서 최소한의 식재료로
겨울 긴 시간을 엄마께선 지혜롭게 새끼 제
비 같은 자식들의 입속을 어떻게 채워줄까
가장 큰 고민으로 사셨을 것이다. 그런 상황
이면 겨울 저녁밥은 밀가루를 반죽해서 만
든 국수와 여러 가지 재료를 넣은 죽도 아닌
밥도 아닌 중간상태의 갱죽이 자주 우리 집
밥상에 오르곤 했다.

우선 밀가루를 중간 양푼에 반죽한 다음
여러 번 힘주어 치대어 동그랗게 만든 후 국
수판대기와 홍두깨로 얇게 여러 번 넓게 펼
치며 밀어서 밀가루를 뿌리고 접고 접어서
칼로 국수를 썬다. 국수가 준비되면 큰 무
쇠 가마솥에 맹물을 붇고 불을 지펴서 끓이
고 빨리 시게 한 김장 김치 한 포기를 썰어
서 넣는다. 엄마께선 아끼며 보관하시던 굵
은 국물용 멸치를 한 줌 아낌없이 집어넣으
시고 있으면 집어넣으시고 없으면 그냥 통
과 하셨다. 넣고 안 넣고 의 맛 차이는 이루

말할 수 없지만 형편상으로 여유가 되느냐 마느냐는 그때그때 상황에서의 슬픈 선택이셨다.

항상 겨울이면 우리가 자는 안방 윗목에 터줏대감마냥 검은 시루에 위풍당당함을 자랑하며 큰 소릴 칠 것 같은 노란색의 콩나물 여러 줌을 뽑으셔서 물에 한 번 행군 뒤 집어넣으셨다. 불쏘시개의 불이 활활 타오르면 가마솥은 화를 치밀어 올리고 뿌연 김들은 소리치며 가을 녘 새벽안개 마냥 조그마한 부엌 공간을 잠식시켜 버렸다. 그쯤 되면 뚜껑을 열어서 불려둔 쌀 몇 줌을 넣고 휘휘 저으시며 끓이신다. 마지막으로 국수를 넣고 다시 저으시고 끓이신다. 끝으로 국 간장으로 간을 맞추어 그릇에 담아내신다.

처음 여러 번은 별미로 생각해서 맛이 좋았었다. 하지만 그 별미도 계속 되풀이되면 지겨워지고 짜증이 나는 먹고 싶지 않은 맛없는 음식이 되는 것이다. 그럴 때면 철없던 나는 엄마를 따라다니며 나는 갱죽 싫다고 먹기 싫다면서 식은 밥이라도 달라고 엄마 마음에 생채기를 더했었다. 그러면 엄마께선 국수를 다 썰지 않으시고 조금 남기신 국수 꼬랑지를 슬쩍 밀어주셨다.

국수는 먹기 싫어도 국수 꼬랑지는 소죽 끓인 숯 재에 구워 먹으면 최고의 간식이 되었었다. 과자가 귀하던 시절에 콩가루가 들어간 그 맛은 지금 생각하면 그냥 밍밍한 것이었던 것 같은데 그땐 그 맛이 맛있었다. 가족들이 빙 둘러앉아 김장 김치를 필두로 양은 밥상 판 위에서 갱죽 한 그릇씩을 받아서 먹고 나면 어린 나이인 그땐 그 긴 겨울밤은 돌아서면 배가 고팠었다. 그때를 대비해서 지난가을에 캐서 윗방에 저장해둔 고구마를 국수 꼬리 구운 숯불 남은 재에 소죽 푸는 바가지로 한 바가지 불을 헤치고 묻어두었다. 맛있는 맛도 되풀이되면 맛없는 지겨운 음식이 되듯이 군고구마 또한 그 아프고 슬픈 식재료가 되었었다.

그 시절 그때는 항상 갱죽을 먹고 나면

군고구마는 어린 시절 배고픔을 달래었던 가난의 앙상블 음식 궁합이었다. 지금도 나는 갱죽이나 군고구마를 잘 먹질 않는다. 어렸을 때 지겹도록 먹었던 슬픈 기억 때문이다. 요즘 시절은 이런 음식들이 대접을 받는다. 넘쳐나는 각종 보존제 방부제 첨가제 온갖 모르는 재료들로 뒤섞인 음식으로 우리 몸들은 본인도 모르는 사이 병들어 가고 있다.

시대는 갈수록 깨끗하고 건강한 식재료와 음식들을 찾을 것이다. 왜냐하면 오래 살고 싶은 것이 인간의 가장 큰 본능인 것이다. 그렇게 보면 가난해서 먹은 음식이 지금 생각해 보면 엄마께서 우리에게 보약을 주신 것이나 다름없으셨다. 어린 시절 먹고 싶었던 가난해서 귀했던 마아가린 같은 식재료들이 지금 따져 보면 건강에 도움이 되지 않았으니, 나에게 갱죽과 고구마는 참 슬픈 시대에 아이러니한 큰 감사의 선물이다.

봄

불어오는 포근한 바람

강둑 위에 홀로 서 있는 수양버들의 연둣빛 흔들림 이름 모르는 물새들의 재잘거림과 총총한 발걸음, 언제 터트려도 이상할 것 없을 것 같은 꽃봉오리들의 속삭임들 거리에 보이는 사람들의 화사하고 가벼운 원색의 옷차림들, 이렇게 또 한해의 봄은 우리 곁으로 다가오고 있다. 오시는 봄님을 위하여 시장의 길거리 꽃집에서 예쁘게 피어오르는 작은 화분들을 모시고 와 옥상 정원에 여기저기 봄날의 향연을 피어보리라.

　겨우내 눌려 있었던 모든 것 나쁘고 잡스런 다른 사람들과의 관계를 싹뚝 잘라내 버리고 생각만 해도 가슴 터질 것 같은 봄꽃들의 합주를 연주해 볼 것이다.

　이 꽃은 피아노, 저 꽃은 바이올린, 저기 저 꽃은 플룻, 봄바람이 부는 대로 봄의 요정님이 이끄는 대로 지붕 위에도 계단에도 벤치에도 그리고 아프고 삭막했던 내 맘에도 기쁘고 즐겁기만 해야 하는 봄을 올려놓을 것이다.

우픈 도시농부의 하루

이번 오는 봄날엔 옥상 정원 가득 꽃도 심고 나물도 심고 나무도 몇 포기 심어야지 아담하고 조그마한 공간 몇천 평 큰 농사지으시는 분들이 보신다면 풋 하고 웃으시겠지만, 내가 사람인연을 포기하고 얻은 장소이기에 더더욱 소중함을 느낀다.

겨우내 얼어있는 화분 속의 흙들을 며칠 전부터 호미로 파헤치고 모종삽으로 찔러 뒤지고 아주 흙들을 못 살게 괴롭혔다. 빨리 봄 햇살에 녹아내려 새로운 생명을 잉태시키고 싶은 내 큰 욕심에 추운 시간 동안 흙들의 짧은 휴식을 방해하고 있었다. 흙들의 쉼을 깨달은 짧은 순간에 너무나 큰 어리석음의 미안함이 솟아올랐다. 가만둬야지 그들이 나의 몸짓을 받아들이고 수많은 생명의 움틈을 받아들일 때까지 시간 앞에 장사 없고 햇살 앞에 언 땅 없듯이 흐흐 일주일 사이에 얼어있던 흙들이 서로 결계를 풀어 헤치고 나의 쪼잔 하고 바쁘기만 한 생명의 전령사를 받아주기 시작하였다.

못하는 인터넷으로 모종도 사고 씨앗도 사고 대추 과수원 할 때 부족함 없이 갖다 먹었던 대추도 그리워 대추나무 묘목도 사고 세월이 나를 익어가게 하는 노안에 좋다는 블루베리 묘목도 사버렸다.

흙들이 이제 쉼을 깨고 기지개를 켜고 있는데 엉성한 농심은 주렁주렁한 과일과 만개한 꽃들을 그리며 상상의 바다로 망상의 배를 띄웠다. 옥상 정원으로 올라가서 몇 번이고 흙들의 상태를 확인했다. 기다리던 묘목 친구들이 하나씩 나의 정원으로 입장을

하게 되었고 그들을 하나씩 각자의 화분 객
석에 살포시 안쳐 들였다. 조금 있을 식물축
제에 어울리게끔...... 띵~동~! 초인종 소리
에 또 다른 씨앗 친구가 배달되었다.

이번에도 즐거운 마음으로 정원으로 올
라가 화분 객석에 안 치려고 흙의 카펫을 뚫
고 거름과 비료의 입장 음악을 뿌려주고 멋
지게 춤추게 할 씨앗을 심으려는 순간 미운
꽃샘바람이 자기도 끼워달라는 듯 씨앗 봉
투를 칼바람에 실어서 데려가 버렸다. 모든
축제 준비를 시작하려는데 주인공 중 한 명
이 사라져 버린 게 아닌가? 옥상과 아파트
여기저기를 찾아봤다. 민들레가 건강에 좋
다고 해서 재래종인 흰 민들레 씨앗을 구매
했는데...... 나보다도 먼저 칼바람과 눈이
맞아 봄 속으로 날아가 버린 것이었다.

이른 봄날에 흙 친구들에게 일찍 쉼을 깨
고 일어나 생명을 품으라고 호미와 모종삽
으로 괴롭힌 내 행동에 대한 옥상 정원의 처
절한 복수였으리라 생각하며 혼자 피식 웃

는다. 봄날의 칼바람을 경계해야 한다는 것
을~~

노이로제

오늘 하루는 어떻게 살아갈까? 반지를 이 손가락에 끼면 돈이 많이 들어온다고 하고 나한테 맞는 옷 색깔을 선택해서 입으면 복이 들어오고 돼지꿈 똥 꿈을 꿔 복권을 사면 로또 1등이 된다고 하더니만 등등

내가 밝은 햇살에 눈떠서 하루를 맞이하는 삶에서 온갖 미디어는 사람들을 현혹하는 셀 수도 없는 유언비어들을 쏟아내고 있습니다. 그런 세상 속에서 웃프게 한 가지라도 희망을 잡으려면 아브라카다브라 마법 주문이라도 읊어야만 조금 진정이 되는 불안 감정이 나도 모르게 따라다닙니다.

오른손잡이라서 당연하고 이성애자라서 당연하고 어른이라서 당연하고 남자라서 당연하다는 이분법적인 삶들은 노이로제에 대한 굴욕적인 삶인 것 같습니다. 너무나 힘들게 살아서 받았던 서러움이 계급장은 아니겠지만, 그만큼의 세월을 살아온 태어난 삶의 멍에라고 생각했기에 살아오며 날개를 달았지만 바라는 사람들의 지루한 생각들이 나를 힘들게 했습니다.

노이로제가 따라다니는 것은 그만큼 세월을 겹 접어서 또 생각해야 하는 또 다른 슬픔이 아닌지 글이 흘러가는 펜이 아프네요.

서울 생활(떡볶이. 김밥. 오뎅)

나날이 몸은 바쁘고 힘들었다. 남들은 몸이 바쁘면 그 값으로 돈이라도 많이 번다는데 항상 내 통장에 돈 친구들은 발자국만 남기고 획하니 그것도 빛의 속도로 사라져 버렸었다. 직업상 그 흔한 명품 하나 걸치지도 못하는 자존심만 (내가 명품이면 되지 명품이 별거냐며 슬픈 목소리만 쏟아내며) 앙칼지게 남아 있는 삶들의 지속적인 연속이었다. 돈이라는 친구들은 잡으려 손을 뻗으면 저만치 가버리고 은행 속에 묻으려 적금 생각만 해도 요리조리 나가는 개구멍들은 아니 땅 구멍을 파버리고 줄행랑을 쳐버렸다.

　조그마한 월세방에 소금에 절여진 파 마냥 웅크리고 시들해져 있을 때면 이 뱃속 시계는 생각들이 있는 건지 없는 건지 통장의 잔고랑 상관없이 나를 본능적인 인간이라는 것으로 각인시켜 주었다.　꼬르륵꼬르륵 밥 주세요. 밥이 아니면 뭐라도 먹을 것을 주세요. 내배가 아니면 한 방 어퍼컷이라도 날려 주고 싶은 심정이었다. 극도로 피곤하면 내 한 몸뚱어리가 팔 따로 다리 따로 몸통 따로 머리 따로따로 놀아주기를 바랐다. 하지만 유독 뱃속 아우성만큼은 진정시킬 수가 없었다.

　그럴 때면 동전 소리만 요란한 비다시피 한 지갑을 들고 근처 재래시장 속으로 뱃속의 명령을 벌써 받은 두 다리는 움직여 가고 있었다. 먹고 싶은 건 너무너무 많았고 내 지갑 속에 돈 친구들은 특히나 큰 지폐 형들은 들어왔다 순식간에 사라졌다. 달랑 흔적만 한 장 남아 있고 막내 동전들은 해 맑게 달그락거리며 지갑 속에서 웃고 있었다. 이런 항상 비슷한 상황에서는 유일하고 당당하게 찾을 수 있는 나의 최고 레스토랑 노점 분식점. 쓰라린 내 맘과는 다른 해맑은 지갑 상태를 덜 생각해도 되는 최애 먹거리 음식들 이런저런 생각들을 하기도 전에 뱃속이라는 친구는 손 친구를 시켜 어서 먹어 어서 많이 먹어라고 명령을 내려 입으로, 뱃속으로 집어넣으라는 명령어를 내려 버렸다.

하얀 속살에 빨간 고춧가루 옷을 입고 뽕뽕 하며 국물을 토해내며 반신욕하고 있는 떡볶이들 길쭉한 키로 대나무의 지원을 받아 꼿꼿하게 서서 멸치 무파의 국물 속에 당당하지만 부드럽게 익어있는 오뎅, 참기름 바른 멋진 검은 코트 속에 감추어진 하얀 쌀밥들 위에 햄, 오뎅, 시금치, 달걀, 단무지, 당근에 화려한 색감의 무지개 보석 같은 멋진 자태를 뽐내며 나를 유혹하는 김밥. 일단은 생각도 사치가 되는 시간 구세주 같은 다정한 분식집 아줌마께 나름대로 뽐내고 있는 떡볶이, 김밥, 오뎅을 시켰다. 단골임을 아는지라 한번 왔다 오지 않는 사람보다는 양을 좀 더 많이 주셨다. 감사해요라는 말이

떨어지기 무섭게 한 손은 김밥을 잡고 또 다른 한 손은 오뎅 국물을 들고 뱃속 님의 명령에 맞추어 입속으로 하나둘씩 넣어주고 있었다. 순식간에 몇천 원어치 쓱싹 해치우고 해맑은 지갑 사정으로 더 먹고 싶은 마음은 무한리필 돈 걱정 없는 오뎅 국물로 덜 채워진 뱃속님을 애써서 달랬다.

또다시 오리라 맹세하며 집으로 돌아갈 생각에 흐뭇해하며 올라가는 길에 저만치 고급스런 식당에서 퍼져 나오는 음악 소리. 내 뱃속님이 채워지지 않는다고 우는 꼬르륵 소리 근사하게 차려진 음식을 걱정 없이 맛있게 먹는 모습들 나를 보며 해맑게 웃는 내 지갑 속 막내 동전들을 보는 내 모습 뒤에 늦가을 픽 웃으며 떨어지고 있는 낙엽들을 밟으며 쌀쌀한 곡목 길을 오뎅 국물 트럼 시원하게 내뱉으며 올라왔다. 꼭대기 집으로

당연한 것이 가장 소중한 것이다.

어린 시절부터 외지 생활을 하면서 나는 엄마의 기다림이 당연하다고 생각했다. 부모로서 자식을 기다리는 것이 내가 사는 길 위의 거리감이 멀어질수록 내가 고향에 다녀가는 횟수의 빈도수도 멀어지는 반면 어머님께선 나를 기다리시는 마음은 어떤 거리감의 상관없이 더욱 많아지셨다는 것을 돌아가시고 난 뒤 알게 됐다.

막차를 타고 돌아서 굽은 길로 갈 때까지 가로등 불빛 아래 아스라이 서 계시며 손을 흔드시던 한 점 불빛 같으신 모습들이 멀리 타지 길로 가는 자식에 대한 엄마로서 늘 있는 그것으로 생각했을지도 몰랐다. 엄마였으니까 언제나처럼 그분은 그 자리 계시며 나를 응원해 주시고 격려해 주시고 칭찬해 주시고, 아파해 주시고 눈물 흘려주셨던 그 감정들까지도 당연한 무슨 자만심인지 모를 사악함으로 합리화시켰는지도 모른다. 엄마가 돌아가시고 난 후 그 당연함이란 모든 것들이 세상 어디에도 나를 위해 존재하지 않았다.

엄마는 당신의 존재 자체를 버리시고 자식을 위해 이 세상에 태어나게 하셨다는 가장 많은 짐으로 스스로를 옭가 묶으시어 어느 순간 눈 녹듯 천국으로 사라져 버리셨다. 나이가 들어 갈수록 참고 포기하는 일들이 많아지는 게 아니라 욕심이 더해져서 뒤룩뒤룩해져 보이고 가지려고만 하니 엄마도 이러셨을 수도 있었겠구나. 하지만 엄마는 나와는 반대로 가장 소중한 것을 위해서 당연한 기다림의 한 존재가 되시기로 하셨던 것 같다.

　당연한 것이 가장 소중한 것이란 것을 당연함이 사라져 버렸을 때 뒤늦은 후회와 함께 찾아오는 어쩌면 어리석은 인간이기에 자각할 수 있는 뒤 늦은 깨달음이 아닐까 한다.

젊은 거지는 괄세 마라

한때 잘나가던 우리들의 입방아를 오르내리던 사람들을 보면 아름다운 모습과 멋진 환경으로 세상 속 공주 왕자를 능가하는 삶을 몇 겹의 포장으로 꽁꽁 싸맨 채 살아간다. 주변 사람들의 배신으로 위선의 방점을 찍은 뒤 낙하산보다 더 빠르게 끈이 다 풀리어 적나라한 모습이 공개돼 망각의 구렁텅이로 떨어져서 그 화려한 존재감마저 사회 울타리에서 사라져 버린다.

옛날 어르신들이 흥얼거리는 대중가요 가사에 "화무는 십일홍이요. 달도 차면 기운

다.”라는 구절이 있다. 그리고 흔히 익히 알고 있는 벼는 익을수록 고개를 숙인다. 이 두 문구만 보고도 알 수 있듯이 스스로 남들보다 빛이 나고 신분이 높고 가진 게 많아질수록 겸손해야 한다는 것인데, 나 스스로도 부족함이 많은 인간인지라 흔적만 남기고 지나가는 통장 계좌 속에 궁핍할 때 발발 떨다가도 조금 뒤에 돈의 흔적이 모일라치면 모이기가 무섭게 질러버린다. 나를 위해 투자하는 것도 좋은데, 열에 하나라도 타인을 위해 나눔을 할 줄 알아야 하는데 머릿속 가슴으로는 알고 있는데 어딘가에 숨어있는 욕심이라는 제일 나쁘고 큰 놈이 알고 있음을 모르고 있으면 몰라도 괜찮으므로 합리화를 시켜버린다.

처음 방송 코디 생활을 할 때는 그 수많은 옷 가방 메이컵 가방 짐을 가지고 양어깨에 둘러메고 휘청일 정도로 아무렇지 않게 다녔었다. 천호동 맨 꼭대기에 살 때 일이였다. 아침 촬영이 있어서 새벽부터 일어나 촬영 준비를 하고 첫차를 기다렸었다. 드디어

버스가 도착하는가 싶더니 문도 열어 주지 않고 가버리는 게 아닌가? 사람들을 배려해서 그때는 짐이 많음을 의식해서 항상 맨 뒤에 서려고 했었다. 버스 안은 텅 비어 있었는데 나는 기사분이랑 눈 맞춤까지 했는데 그냥 가버리시는 게 아닌가? 어깨 양쪽으로 대여섯 개의 무거운 짐을 메고 있어서인지 무슨 이유 때문인지 지금도 모르겠지만 그냥 쌩하고 가버리신 게 아닌가? 그땐 용기가 없어서인지 두드리지는 못하고 몇 미터 따라서 가 봤지만, 버스는 야속하게 나를 두고 가버렸었다.

하루가 살아가는 모습들이 사람 제각각 다르겠지만 그땐 난 너무 힘들었다. 무작정 상경해서 낯선 공장에서의 벌이로 하루하루를 지내야 했기 때문이었다. 월급이 내가 한 만큼 받아오는 방식이었는지라 아무리 많이 해도 백만 원이 되질 않았었다. 그 돈으로 학원비 내고 교통비하고 나면 밥값은 굶거나 직접 해 먹거나 빵 하나로 해결했었다. 그런 상황에 버스를 놓치고 택시를 탄다는

것은 나의 일주일 생활비가 왔다 갔다 할 판
이었다. 머릿속이 하얘지거나 까매진다는
것이 어떤 것인지 원망이 깊으면 눈물 한숨
도 안 나온다는 것이 어떤 것이지 경험하게
되었다. 그냥 택시를 잡았다 상황 이야기를
하고 사정사정해서 올림픽대로를 갓길 주행
까지 해서 겨우 시간에 도착했다.

지금도 여유롭게 주위를 봐가며 운전할
때면 차 없었던 그 시절 간절하게 원했던 그
때 특히 올림픽 대로를 달릴 때면 천당과 지
옥을 오가던 여린 마음과 날 태워주시지 않
았던 버스 기사 분 모습과 수단·방법 안 가
리고 시간 맞춰주시던 택시 기사분에 각각
다른 감정의 모습들이 오버랩 되기도 한다.
내 경우를 단적으로 들었지만, 그때 택시 안
에서 언젠가는 꼭 내 차를 낡고 오래된 차라
도 가져야지 다짐했었다. 달리고 달려 노력
해 오늘까지 왔다.

지금은 멋진 붕붕이를 타고 다니면서 젊
은 거지 같았던 삶은 나름대로 성공했다. 살

아가면서 이런 단적인 예들은 소수의 선택된 사람들의 삶 외엔 흔하디흔하게 당하면서 그러려니 살아갈 것이다. 사람들과의 관계 속에서는 권력이나 부귀생활에 상하는 분명하게 존재한다. 스스로의 교만과 위선의 조그마한 숲속에서 거닐 길 원한다면 저 멀리 그 숲을 품고 있는 큰 산을 보지 못하는 불쌍한 삶으로 짧은 인생을 마감할지 모른다.

지금, 이 순간 내 주변에 힘들어하는 사람은 없는지 아파하는 사람들은 없는지 물질적인 도움이 힘들면 따뜻한 격려와 위로의 말 한마디를 건네 보는 게 좋을 듯싶다. 젊은 거지는 괄세를 하지 말라고 그랬데요.

자장가(어른들을 위한)

자장자장 잘도 잔다. 우리 애기 잘도 잔
다. 앞집에 멍멍개야 짖지 마라 뒷집에 꼬꼬
닭아 우지마라 우리 애기 잠이 깬다 자장자
장 자장자장~~

내가 어렸을 때 아프거나 나쁜 꿈에 쫓
기어 힘들 때 엄니는 항상 피곤한 본인 몸을
이끄시며 이 노래를 불러 주셨다.

삶이 바빠 시간을 쫓으며 살아가는
나이가 들어가는 사람들은 두어 번은 들
은 적 있었던 나른한 위로의 노래를 기억할

것이다. 거죽만 늙어서 쳐지고 아파하지만, 그 속에 갇혀진 어린 감성의 소년 소녀들이 각자의 삶 속에서 이래저래 치이면서 앞으로나란히 한 채 나아가기만 하는 삶의 바퀴를 돌리며 나아가고 있을 것이다. 각자의 방식대로 흩뿌려진 흔적들의 과거를 주우며 현재를 살고 알지 못하는 미래를 만들면서 위로받지 못하는 하루하루를 살아가고 있다.

내가 누군지 무엇을 하며 쏜 세월에 화살을 타고 지나가고 있는지도 모른 체 아픈 몸뚱어리를 가진 나 너 각자 다른 영혼들을 서로 바라만 보며 위안을 안주 삼아 쓰디쓴 인생 술을 들이켜며 살아가는 게 아닌가 한다. 부모님들이 그랬고 그 부모님들의 부모님이 그랬듯이 우리 또한 당연히 정해진 그 길을 가야 한다.

세상 번쩍한 사연을 가진 사람들도 피하지 못한 아름다운 정직한 하지만 무서운 그 길로 당당하게 찌질하게 가야만 한다. 사람이고 나이를 먹었다고 이래저래 사람들에 치이고 온갖 잡스런 말들에 치이고 ....어렸을 적 엄마 무릎 베고 누었던 배부른 애기마냥 웃기만을 바랐던 당신의 노랫소리, 세상 어떤 절대음감의 소유자도 울먹이게 할 수 있는 우리들의 노래 살아온 만큼 삶의 회초리도 많이 맞고 상처의 딱지들도 많을 것이다. 나이 많은 게 들어가는 게 훈장이라고들 하지만 그것을 얻기 위해선 꼭꼭꼭 나의 희생이 있어야 된다.

살아보거라 달콤한 맛들은 잠깐이라는 것을 그것들에 매혹되어 더 큰 훈장들을 달아야 된다는 것을 모를 것이다. 오늘 인생 반을 살아온 나는 어렸을 때 내 엄마의 자장가 위로를 누구한테서 받을까?

혼술

　나는 알콜 의존증인지 중독인지는 모르지만, 사람보다 술을 좋아한다. 그래서 술 즐기는 사람들이 좋다. 사람이 좋다. 술자리는 가진 자나 빈곤한 자나 그 자리에서는 흥에 겨워 삶의 방식만은 똑같다.

　어리고 이쁜 나이에선 술은 객기라는 안주를 삼아 허세를 먹고 폐기로 당당함을 갖춰 때로는 착각으로 지랄까지 가버린다. 빛나는 청춘의 훈장이라며 쓰린 속을 부여잡고 지나간 밤 시간의 무용담을 또 안주 삼아 해장국에 숟가락을 부여잡고 오는 밤에 술

약속을 또 해버린다. 젊음이 술을 먹고 눈물이 사랑의 안주가 되고 인생을 논하며 개똥철학의 똘똘 뭉친 우정으로 불안했던 청춘을 위로했다. 세월이 나만 들고 왔는지 모든 게 엊그제 누웠던 방바닥 기억들인데 침대 위 베게 위에 30년을 패대기쳐 놓았다.

모든 상황과 사람들이 되감기 하듯 빠르게 모든 사람이 사라져 버렸고 웃으며 짠하던 울고 웃던 그 술들이 내 얼굴의 주름들로 거울 속에서 나를 쳐다보고 있다. 그렇게 즐거이 지내던 사람들은 모두 다 가버렸고 그 술집들은 개발이라는 시간 속에 작별 인사하며 존재감조차 없이 사라져들 버렸다.

젊음과 작별하기도 너무나도 힘들어 녹아내릴 것 같은데 사랑했던 감정의 지갑을 한순간에 잃어버려 농익은 세월을 입어야만 하는 순리라는 옷들... 지나오며 걸치고 버려야만 하는 것들과 새롭게 만나며 좋든 싫든 입어야 하는 마냥 즐길 수만 없는 인과들 사람들에 힘들고 술에 치이고... 작은 술상

차리어 혼자 마시는 술에 안주를 자부작자
부작 씹어 돌린다.

세레나데 연가

내리쬐던 강렬한 빛들의 향연도 계절의 흐름을 막지 못하는가 보다. 사람들의 교만한 생각들에 짧음에서 나오는 편리함을 입은 문명의 이기 속에 사라져가는 생명들에게 죄스러움에 묵념을 올린다. 옥상 정원에 모든 생명이 이글이글 타오르는 태양의 열정에 감당을 못하고 쪼그라져 으스러져 버리고 있다. 계절의 순환 바퀴가 감사하다. 혹독하리만큼 괴롭히며 우릴 가지고 놀던 더위도 밀려오는 절기 앞에선 무릎을 꿇고 도망가고 있으니 말이다.

잠귀가 밝은 나는 옅은 잠자리 속에서 깊고 우아한 사랑의 연가를 듣게 되었다. 뚜루루 뚜루루 어디서 왔는 지 어떻게 있는진 모르지만, 조그마한 귀뚜라미 한 마리가 가을을 위해 목 놓아 콘서트를 열고 있는 게 아닌가? 열대야라는 힘들고 지쳐가는 영혼과 몸을 그래 괜찮아 금방 가을이 올 거야 라며 지친 나를 위로해 주는 가을 연가를 불러 주는 게 아닌가? 꿈속인지 생시인지는 모르겠지만 작지만 웅장한 오페라 가수의 노래를 들으며 선풍기 바람도 끊어내는 인내심도 들었다.

귀뚜라미는 구애할 때 노래를 부른다고 한다. 혼자 있음에 몸서리치는 저 노래가 과연 슬프고 애잔한 연가임에는 틀림없겠지만, 더위를 몰아내야만 살 것 같은 나에게는 환희의 송가처럼 들리니 아이러니한 일이 아닐 수 없다. 무슨 일이든 처음은 상큼하고 아름답다. 더위를 몰아내고 짜증을 없애 줬던 그 노래도 자주 들으면 듣기 좋은 꽃노래도 한두 번처럼 싫증이 난다. 욕실을 청소하던 난 그 애와 얼굴을 대면했다. 해충 기피 기계를 꽂고 있었던 터라 다행히 유명 가수를 볼 수 있게 된 것이다. 잘 움직이지 못한다. 미안하다. 하지만 나도 벌레들 걱정 없이 살아야 한다.

움직임 없는 귀뚜리를 휴지로 감싸서 베란다 화분 곁에 옮겨주었다. 그랬더니 쏙 숨어버린다. 그리고 밤이 되니 사랑의 세레나데를 목 놓아 부른다. 어제는 거실에서 오늘은 화장실에서 죽어라 불러댄다. 아름다움을 떠나 혼자 있음에 처절한 목소리로 또 다른 귀뚜리를 부르기 위해 저러고 싶을까 정도로 외로운 내 가슴에 그 노래가 와닿았나 보다. 이제 눈에 띄면 놓아주어야지

우리 집엔 니가 찾는 그 상대가 없나 보다. 처연한 생각이 들었다. 잠깐 마트 갔다가 온 사이에 하나님 감사합니다. 귀뚜리가 나와 있었다. 물론 해충 퇴치기 때문에 잘 움직이지는 못했다. 얼른 휴지로 감싸서 옥상 정원의 넓은 뜰에 놓아주었다. 마음껏 사

랑의 세레나데를 부르고 또 다른 귀뚜리를
만날 수 있게 누군가와 사랑을 하고 곁에서
지켜본다는 것은 아름답고 지극히 좋은 모
습이다. 하지만 모든 사람에게 해당되는 생
각은 아닐 거라고 본다.

뜨거운 태양을 피하려는 우리들처럼 외
로움만은 피하지 말고 즐길 줄 아는 사람이
되었으면 한다. 세레나데를 잘 불러 누군가
를 유혹해 사랑을 쟁취하는 것도 좋은 생각
이다. 그리고 혼자 있음에 가질 수 있는 고
독한 자유를 쫓아 살아가는 것도 좋다. 무슨
행동이나 생각들은 달콤한 사탕처럼 나도
모르게 중독되어 버리니 무섭다.

여름날의 에어컨 바람을 떠나 선선한 코
스모스 바람을 맞으러 이쁜 옷 입고 가을님
을 마중하러 나가야겠다. 귀뚜라미 한 마리
를 놓아주며 내 생각이 깊어 졌나 보다.

가을쯤에서,

나는 항상 사람이 그립다.

어렸을 때부터 남다른 나의 행동으로 사람들은 날 조롱하거나 몇 뼘 거리를 두는 관계를 항상 유지했었다. 나는 그것이 차별이란 것을 몰랐었다. 그냥 내가 독특해서 그들이 나를 좋아한다고 생각했었다. 하지만 어느 정도의 우정이라고 혼자만의 착각의 옷을 입으려고 하고 입었다고 생각할 때쯤 항상 그들은 다름의 비웃음이라는 차가운 현실 가위로 날카롭게 난도질해 주곤 했다. 몇 번의 가위질은 나 자신을 더 단단하고 차가운 현실 삶 얼음판 위에 알몸으로 벗겨져도 떨지 않을 정도의 강인함도 선물해 줬다.

누군가가 다가오면 그를 위한 척하며 나를 위한 안전 펜스를 한두 개를 세울 줄도 알게 됐고 사람에 대한 목마름에도 오아시스의 단물을 삼키지 않았다. 그것이 또 다른 독이 되어 더 심한 사랑에 갈증이 생긴다는 것을 알게 되었기 때문이다. 그럼에도 언제나 가슴 한구석이 뻥 뚫린 나는 잔인한 사람들의 무서운 가슴인 것을 알고 있었지만, 그것이 아프면서 그리웠다.

사람들은 모른다. 지금 순간 내가 내뱉는 말들과 하는 행동들이 상대방을 다치게 하는지... 나 역시도 세월을 따라 쫓기어 안 그러려고 발버둥 치며 노력은 했으나 얼마나 많은 사람들에게 아픔들을 날렸을까? 단단한 체념과 반복적인 포기의 갑옷을 입게 된 지금도 난 여전히 가슴 떨리며 설레이는 사람들의 막연한 관심과 생각이 섞이지 않은 순수한 마음의 사랑이 그립다. 이런 생각으로 채워지는 삶들이 우프다.

과연 지금을 살아가는 나는 그들에게 바

램을 생각할 수 있을 정도로 잘 살아왔을
까? 이것이 무서운 진실에 인과응보인 것인
가?

하늘로 보내는 편지

엄마 잘 지내고 계시죠? 엄마 천국에서 잘 지내고 계시죠? 당신이 떠나 신지도 벌써 8년이 다 되어가네요. 세상을 모르던 철부지 때 가마솥 아궁이에 불을 지피시던 엄마 곁에 자취생활 할 때 가로등 밑 어스름 그림자로서 계시던 그 모습에 타지 살 때 엄마 찾아 집으로 스며들어 차려 주시던 꽁치 구이 밥상을 주시며 바라보시던 그 두 눈빛에 코찔질이 어린 녀석이 어느덧 오십 이 중반이 되어가네요.

힘없이 쓰러진 그날에 당신을 요양병원

침대에 모셔두고 어쩌지 못하는 상황과 그래도 다행이라던 이중 잣대의 사악한 마음으로 살았습니다. 그렇게 빨리 천국으로 가실 줄 알았다면 일이고 뭐고 다 접고 당신 곁에만 있었을 것을 세월의 초침이 흘러갈수록 그리움의 죄책감은 사슬이 되어 나를 옥죄어 옵니다.

잘해 준 것 하나 없는 자식인데 탱탱한 젊음을 불태우시며 남게 된 앙상한 모습으로 천국 가시기 전날 마지막까지도 흔들리는 기억의 끈을 잡으시며 저를 알아보셨던 엄마.

엄마 당신의 못다 사신 삶까지 더 살다가 가겠다고 울며 하던 제 말을 기억하시죠? 이 세상에서 제 삶도 다 타버리고 사라져 버려 내 영혼도 재가 되어 흩날려 없어져 버린대도 내 사랑 엄마 당신의 모습과 기억을 안고 다닐 겁니다. 천국에서 좋은 곳 마련해 놓으셨죠? 이 생명 다하는 날 기쁘게 웃으며 하늘나라 당신 찾아 날아갈게요.

사랑합니다. 엄마!
고맙습니다. 내 엄마!

2부

흔들리며 생긴 이름

중독

내 마음이 움직여
심하게 그것들을 하기 위해
육신과 정신이 떠나 황폐해 지는지
그것들을 끝까지 찬양해도 모르지
마실수록 더해지는
소금물의 목마름
독약조차 달콤한 성수로 보여지는
허상들의 꼬리치는 향연들
살과 피를 쏟아내도
모든 알맹이가
썩어진 껍데기만을 안은 채 흘러가는
시곗바늘 위에 서 있다.
그것들을 하기 위해

가을빛이 익어간다.

처마 밑에 걸린 새색시 붉은 볼 빛의 곶감으로
지붕 위 소쿠리 속에 얌전히 누워
오롯이 가을빛을 독차지하는
태양초의 일광욕으로
나폴 나풀 가을바람 상대 삼아
춤에 빠져있는 코스모스 꽃잎에
떨어지는 살짝 수줍은 오후 햇살처럼
초록빛 싱그러움을 버려야
농익은 값어치로 태어나는
눈물 속 비춰진 당신들의 눈동자 속
가을의 햇살이 한층 더 익어 든다.
가을이 저무는 빛에
익어만 간다

모기

너 죽고 나살자 애~앵
내가 죽고 너 살자 애~앵
여름밤 이 한 몸도 버거운데
모기마저
물을 사람이 나쁨임을 알게 해 준
니가 제일 미웁네
시간이 가며 가을이 되고
사람들이 흐르고 너도 흐르네~

인생의 끝(죽음) 시

나이 들며 세월을 읽는다는 것은
언젠가는 꼭 다가오는
죽음의 두려운 공포를 옅고
자연스럽게 맞이할 수 있는
신이 주신 구원의
반복적인 학습인 것 같으다.
누구는
그것이 켜켜이 쌓이기 전
천상의 마음만을
간직한 채 갈 수도 있고
누구는
그 마음이
닳고 빛바래 고여 썩어도
이승 인연을 놓지 못해
발버둥 치며
비루해지는

늙은 몸뚱어리
한 가닥 잡고 기도하고 있다.
내 젊은 날의
수많은 잘못한 흔적과
아프게 한 사람들의
후회
한가득 담긴
보따리를 짊어지고
다음 세상 가서
받게 될 심판의 결과 때문에
마지막 남은 이승의
세월 줄을 놓을 줄 모른다

와인

니가
그리운 오늘도 나는
석양이 가득
하늘에 내리면
몇 모금
핏빛의 그리움을
넘긴다

외로움

외로움을 사람으로 달래려 하지 말자

이젠 이미 알고 지내는 사람은 넘쳐 나니깐

내가 외로워서 만나는 사람들에게 치명적인 배신이라는 상처를 훈장처럼 대가로 받아야 되는 되돌이표 삶을 매번 살지 않았던가?

내가 지겹다는 까닭으로 곁에 있는 대상들을 값없이 쉽게 생각하지 말자.

나의 쓸쓸함으로 인해서

내가 설 자리

내가 사랑하는 사람들은 저녁에 술 한 잔 마시며 전화하는
걸 싫어한다. 잡소리를 한다고 그런데 난 그 순간에 가장 나다
운 시간의 얘기인데 언제나처럼 내 노래는 듣지도 못할 빵점
처참하게 뭉개져 버려져 버린다. 바른생활 사람들의(!) 사고 속
세상 속에 내 맘 한 뼘 설 자리가 없다

널 봐!(친구가 한 말) 시

왜 항상 남을 보니?
너 자신을 봐!
스쳐 가는 생각들이 답을 만들어 주거든!
널 봐! 너를 바라봐
어떻게 살아왔는지
누구인지
사랑이 무엇인지 알 테니까? 널 봐!

바램

외 산골바람이 내 마음 한쪽 켠 만 후벼 파듯이 상대방도 아프고 슬픈 한쪽 마음을 달래려 나를 만났으리다. 두 쪽 가진 마음이라면 한쪽은 나를 위해 다른 한쪽은 너를 위해 어떤 의미의 존재이든 값어치의 경중을 떠나서 만남의 기대치는 다들 갖고 있으리라. 세월이 흘러들 나이가 먹어 간다는 것은 주변을 넓히기보다는 좁히고 정리해야 할 것이다. 그리고 여기저기 나누어 주었던 내 부서진 한쪽 마음들을 모두 다 내 두 쪽 마음속에 채워 담아야겠다. 외로움이 그리움이나 채워짐에서 오는 배부른 불행이 아닌

완벽한 나의 행복이 되게 말이다 세상에는
내가 혼자여서 완벽한 외로움을 사랑할 수
있는 것 같으다. 그리고 더욱더 나라는 존재
를 사랑해야 할 것 같다.

못난이 엄지손가락 이티 손가락

어렸을 적부터 나라는 존재를 의식하기 시작하면서 내 엄지손가락을 살짝 감추는 버릇이 생기기 시작했다 친구들보다 결이 달랐던 나는 자라오는 과정에서도 다르다는 이유만으로 타인으로부터 차별을 심하게 당하게 되었다. 아이러니하게 그런 내가 내 몸뚱어리에 붙어있는 다른 아홉 손가락과 겉모습이 조금 다르다는 것으로 미워하며 감추고 부끄러워하고 있었던 게 아닌가?

항상 세상에서 오는 왜곡된 시선들의 따가운 눈빛이 측은히 여기는 마음으로 보여

지길 바래며 한 줄기 동정의 말이라도 쏟아
지면 진실이지 거짓인지 모르는 불구덩이
속으로 불나방이 되어 뛰어 들어섰다. 피해
의식들이 쌓이고 쌓여서 싸구려 동정을 이
용할 줄 아는 사회집단 무리에 휘둘려 마치
그들과 같은 존재인 줄 알고 착각 속을 헤매
이며 살아온 것 같으다.

　어리석은 자가 도가 터지려면 아 한다는
우스개 말이 있다. 그 말처럼 나도 아 하며
내가 그들과 다름을 스스로 인정하지 않았
으며 그걸 인정한다고 하지만 그들과 비교
속에 열등감을 가지고 살진 않았나 깊숙이
들여다봐야 한다. 삶 속에 항상 깔려서 고
통하고 신음해 오던 나를 뼈저리게 살 떨리
고 아픈 다름의 고통을 잘 알며 살아온 내가
조금 못났다는 하등 같잖지도 않은 까닭으
로 오른손 엄지손가락을 의식하며 감추었으
니... 이 새벽 글을 쓰는 펜을 잡고 있는 너
에게 정중히 사과하며 네가 있으매 마음속
깊숙이 감사드린다. 앞으로는 있는 그대로
를 사랑할 것이다.

청국장

문득 예전 엄마가 해 주셨던 아랫목에서 두엄더미처럼 쿰쿰한 냄새를 풍기던 청국장의 맛이 생각이 났다. 인터넷이나 홈쇼핑에서 장인이라는 사람들과 유명하다는 브랜드에 제품을 사서 먹어 보았지만, 예전 엄마가 해 주셨던 맛은 비슷하지만, 그 냄새는 어림도 없었다. 요즘을 사는 사람들은 그런 쿰쿰한 냄새를 싫어한다고 없애버렸다고 한다.

청국장에서 그 냄새가 빠져버리면 그냥 콩이 많이 들어간 부드러운 된장찌개의 또 다른 버전이 된 것이다. 된장찌개와 청국장의 차이가 많이 있겠지만 가장 두드러진 특색은 된장찌개가 따라 올 수 없는 압도적인 냄새일 것이다. 아무리 호불호가 갈린다지만 장미꽃에서 매혹적인 본연의 향기를 빼 버린다면 그냥 화려한 꽃 밖에로만 보이지 않을까? 비약이라고 하면 그럴 수 있겠지만 청국장의 그 쿰쿰한 냄새는 우리네 조상들이 살아오신 삶에서 나쁜 냄새가 아닌 사람들의 냄새라고 생각된다.

전통적인 우리들의 청국장 냄새는 싫어하면서 조금이라도 멋져 보이려고 뿌리고 다니는 싸구려 향수에 우쭐하는 사람들의 생각이 과연 멋지다고 할 수 있을까? 우리들의 얕은 생각과 판단으로 전통들이 얼마나 많이 기억의 저편으로 사라져 갔을지 하얀 진액을 내 뿜으며 짚 속에서 누런 광채를 뿜으며 이 삼일 발효가 된 맛있는 콩.

그 청국장을 뚝배기에 무와 멸치 김장 김치와 고기 등의 여러 방식으로 보글보글 끓여 주시던 엄마의 모습과 미친 듯이 퍼 먹던

우리 형제들의 모습이 사라져가는 쿰쿰한
냄새 기억 너머로 오버랩되어 떠 오른다. 요
즘 아랫목은 없어졌지만, 보일러 높여둔 방
한 구석에 어제 삶아 보물 마냥 묻어둔 누런
콩들이 생전에 해 주셨던 쿰쿰한 냄새를 간
직한 엄마의 청국장으로 제발 다시 태어나
기를 이 새벽 글을 쓰면서 자그마한 기도를
하늘에 띄워 본다. 쿰쿰한 냄새로 맛있게 익
기를

로빈

십 년이 훨씬 지나 많은 곳을 수 없는 길을 우리 둘은 한 몸인 양 다녔었다. 촬영을 하러 산골짜기 촬영장을 강의를 하러 우리나라 남쪽 끝 지방을 내가 가자면 넌 군말 없고 눈꺼풀 하나 떨림 없이 나를 싣고 그 힘들고 먼 길을 아침저녁으로 다녀왔다. 그런데 한 해가 갈수록 난 운전하는 시간이 아프고 힘들어지고 너를 케어하는 병원에서는 괜찮다고 하는데 움직이는 너에게선 조금씩 가끔씩 힘듦을 드러내 주곤 한다. 나는 그렇게 생각한다. 움직일 수 있다는 것은 생각과 생명이 서려 있다는 거라고 몇 번에 나

와의 크나큰 인생 위기를 넘기게 해 준 너를
이제는 편하게 쉬게 하고프다. 남쪽 지방으
로 머나먼 곳 강의를 갔을 때 갑자기 퍼붓는
소낙비에 어찌할 바 몰라 하던 나는 낯선 곳
에 떡하니 호위무사마냥 당당히 서 있는 너
를 보고 무서워 떨던 몸과 맘은 너에게 안긴
채 앞이 보이지 않는 사선의 고속도로를 헤
치며 새벽길을 뚫고 왔지 않았던가!

몇 번의 나와의 크나큰 인생 위기를 넘
기게 해 준 너를 이제는 편하게 쉬게 하고프
다. 싸움을 잘하는 무사가 사지가 뒤틀려 옴
을 알지만 사랑하는 존재를 위해 버티려고
하는 마음의 갸륵함을 알기에 더 이상 너를
위해 놓아 주고 싶으다. 깊은 어딘지 모르는
마지막 숨결이 가는 곳의 안식처로.

너를 보내는 준비를 하고는 있지만 새벽
녘 깜깜한 지하 주차장에서 나만 기다리며
앉아 있는 너를 찾을 나를 생각하니 형언할
세상 말과 맘이 없네 고맙고, 고맙고 고맙
다! 사랑한다! 나의 로빈아.

전화번호 바꾸기(바꿔야 할 때)

　여태껏 잘 살았다고는 못하겠지만 나름 그런대로 살았다는 생각이 든다. 내 인생에 전번을 바꾸어 본적은 한 번 있었다. 공통 번호로 바뀔 때 그때뿐 하지만 이제 나이 들어 마지막으로 바꾸어야 될 것 같으다. 나는 그들을 그리워 아끼며 가끔 연락하는데 독한 그녀들은 그런 게 없나 보다 내 생각에 비추인 거울만 보고 살아왔으니 난 사람의 숨소리가 그립고 외롭다.

　같은 피를 나눈 형제들도 힘들고 서글프다. 각자가 가야 하는 제 속으로 낳은 자식들의 삶이 있기 때문이리라 이해한다. 그럼, 예전에 엄마가 말해 주셨다. 날개 죽지 품 안에 자식이자 형제라고 내가 그들에게 피해를 준다면 그냥 독야청청 살아가리라 삶이 힘들고 아름답고 행복하지만 각자 나누어 받은 식판 위 메뉴 속 삶들은 다 제각각이다.

피를 나누었다고 그 사람들에게 쇠 절구의 무게를 나누어 준다는 것은 너무나도 가혹한 죽어가는 삶의 마지막 어리석음 일 것이다. 이제는 나의 타고난 외로움 속으로 들어가리라.

미짜화, 감사화

오십을 넘으면 보통 반평생을 살았다고 말을 한다. 엄마 뱃속에서 자궁을 통해 세상 속에 나올 때부터 모든 움직임과 식생을 오십 년을 해왔다는 것은 기적의 시작임이 틀림없다. 요즘 내 나이를 돌아보면 여기저기 굴러다니는 약 봉투와 몸에 좋다는 영양제 투성이다. 반평생 한 몸뚱어리를 가지고 부려 먹었으니 아플 때도 되었다.

소위 잘나간다는 기계인 자동차도 10년을 넘기면 삐거덕삐거덕 고장이 나기 시작하는 것을 보면서 병원 문을 오가는 나 자신

을 위로해 본다. 강철로 된 기계도 십몇 년
에 나가떨어지는데 물로 된 내 몸이야 측은
하고 미안한 마음이 든다. 나 같은 경우엔
비빌 언덕이 없는 소처럼 기를 쓰고 때론 악
을 쓰면서 살아왔다. 무슨 병이 도미노 조각
넘어지듯이 꼬리에 꼬리를 물면서 반기지도
않았는데 넙죽넙죽 다가온다.

우울증 불면증이 심하지 않지만, 항상 나
와 같이 다닌다. 잠이 오지 않는 새벽녘 어
김없이 시계의 가는 초침도 시끄러워 건전
지를 뺏다 꽂았다 하다가 문득 이렇게 된 내
몸과 맘을 생각해 보았다. 무엇이 가는 세월
에 초침을 잡고 있고 어떤 게 들려는 수면의
달콤함을 방해하는지를 예전 어떤 지인분이
복식호흡을 통해서 명상을 해보라고 조언하
신 게 떠올라 캄캄한 어두운 밤 속에서 내호
흡 한 가닥의 깨달음을 잡으려 노력했다.

조그마한 잡생각들이 피어오르고 사라지
길 오랜 시간 아 하는 "바보가 도 터진다"는
소리가 부끄러움을 감추듯이 떠올랐다. "미

짜화" 미워하고 짜증 내고 화를 내는 나를 망쳤고 망치고 있는 나쁜 꽃이 있었네 "감사화" 감사하고 사랑하고 화합하는 좋은 꽃도 있겠구나. 지금까지 좋은 꽃이 한 송이라면 나쁜 꽃은 한 다발을 품으면서 나 속에 내가 꽂으며 살아왔구나. 그래서 나쁜 꽃 맘이 나를 죽이려 하고 내 인생의 꽃잎을 떨구려 하고 있구나. 금방은 안되더라도 내가 얼마를 살진 하나님의 뜻이겠지만 사는 동안은 나쁜 꽃들을 하나씩 버리는 노력과 좋은 꽃들을 가득 안을 수 있는 변화된 행동을 가져야 될 것 같다.

급하게 먹는 밥이 체하듯이 그 생각으로 스트레스를 받지 않도록 미짜화를 버리고 감사화를 되뇌며 삶의 작은 여유를 가지고 남은 반평생을 살아가야겠다.

3부

끝까지 남는 것에 대하여

아픈 씨앗을 품고

세상에는 투명 인간의 모습으로 존재하는 것들이 많이 있다.
사랑은 하고 있지만 숨길 수밖에 없는
감정은 빛나지만 어둡게 덮고 지내야만 하는
마음속이 아파서 심장이 녹아내릴 것 같아도
겉으론 멀쩡한 것 같이 애쓰는 모습을 하는
스스로 그들과 다름을 알면서 같아지려는
흉내를 내는
아닌 척. 모른 척. 다른 척. 괜찮은 척.
척·척·척·척하면서
그렇고 그런 아픈 씨앗들을
품고들 살아가고 있다

비밀

고맙다 이불 침대야
내 인생에 대해
말을 하지
않아 줘서
침묵을
지켜줘서

그때 잡을 걸 그랬나 봐

그 순간 내 눈앞에 아른거릴 때
설렌다. 관심 있다. 말이라고 해볼걸
그놈의 자존심 때문에
닥쳐올 비참하고 참담한 상상들을
그땐 생각하지 말았었기를
헤어지고 1초, 1분, 1시간, 하루 뒤
그때 잡을 걸 그랬나 봐
아님 물어보기라도 할 것을
나이 반백이 넘어도 안 되는 것은 안 된다는 것을
그때 잡을 걸 그랬었나 봐

정체성

젓가락이 두 짝이라도
한 짝인 숟가락을 싫어하진 않습니다.
한 짝인 숟가락과 어울려
셋이서 행복하게
세상 맛있는 음식들을
골고루 나누어 집어 먹으니깐요
한 짝인 숟가락이 없으면
칼칼한 국물을 먹을 수 없고
두 짝인 젓가락이 없다면
세상 집을 수 있는 모든 맛들의 욕망을
채울 수 없으니깐요
그래서 우린 셋이서 이렇게
행복하게 살고 있답니다

휴대폰

칼날 위 삶의
작고 큰 폭주들
맨몸 고독으로 씹어 재키며
살아왔고
언제 온건지
사삭 갈건진 따르릉 우웅 인과들
풀어놓은 내 인연법
거미줄 놀음에
오늘도 울고 웃어야 하는 무방비
삶이 무섭구나

이불 정리하면서

한 살 한 살 나이가 들어간다는 것은 채워가는 삶을 이어가는 게 아니라, 청춘을 지나며 멋모르고 때로는 알면서도 차곡차곡 쌓아둔 물건들과 그것에 얽히고설킨 내 인생과 그에 따른 내 주변 인생들을 버리고 정리해야만 한다.

오십 중반의 나이를 맞닥뜨려 보니 아직도 마음만은 청춘이라는 옛 어르신들의 코웃음 치신 스쳐 갔던 농들이 거짓이 아니었음을 가슴 한구석이 '쿵' 하고 내려앉아 버렸다. 견물생심이라고 했던가? 물건들에 대한 인간들의 마음을 콕 찍어 명답을 내려놓은 말이 있다. 구십이든 백수든 눈에 보이면 가지려고 하는 것 같으다. 그 연세에 비하면 딱 절반을 살아왔는데 아직은 더 가지려고 욕심을 내도 되지 않을까?

날씨가 갑자기 롤러코스트를 타고 가을 같은 봄 날씨에서 30도가 넘는 여름 무더위로 점프를 해 버렸다. 모든 창문을 닫고 심지어 전기장판까지 새벽녘에 틀어놓고 자지 않았던가? 그랬는데 요 며칠 사이에 겨우내 꽁꽁 싸두었던 선풍기님을 사뿐히 모셔 틀었다. 가끔씩 들르는 가게들에선 차가운 바람의 에어컨 실외기 돌아가는 소리들이 요란했다. 급하게 더워진 탓에 늦게까지 덮은 두터운 이불의 포근하고 따수운 품들을 오는 겨울 속으로 넣어두고 차가운 냉감의 비단 호리병 같은 하늘하늘한 질감과 부드러운 감촉으로 된 여름을 내어 두었다.

하나를 버리면 두세 개를 구입하는 것 같으다. 우습고도 아이러니한 것이 옷들은 아무리 많이 사서 쟁여 두어도 살 때마다 입을 옷들이 없고 덮을 게 없는 것도 아닌데 이불은 그 순간 이뻐서 사면 좀만 지나면 싫증이 나고 촌스럽게 보인다. 스타일리스트 일을 삼십 년째 해왔다. 내 일을 사랑하며 해왔지만, 어느 순간 그냥 직업이 돼버렸다. 이런 질문들에는 이제는 조금은 답들을 내릴 수 있을 것 같으다. 사람들에게 걸쳐지는 많은 것들은 유행이라는 교묘한 장사 수단의 올무가 씌워진다.

일단은 무엇보다 전에 없이 화려하고 과감하고 느닷없을 정도로 생각을 못 하게 소비 욕구를 불러일으켜야 한다. 그럼 지름신의 카드를 휘날리며 쇼윈도 마네킹의 물건들이 내 쇼핑백 주인공이 되어 잠깐 만족의 웃음이 매장을 나서는 순간부턴 지불의 불안함으로 영혼을 잠식시켜 버린다. 이런 반복되는 행동을 최소한으로 하려면 무엇보다 가장 중요한 첫째 충동구매는 없어야 한다. 둘째 색상 패턴 단순한 것을 고른다. 간결하고 단순 심플한 것은 어떤 복잡한 것들을 모두 아우르는 성격이 좋은 친구들이 많은 사람과도 같으다.

셋째, 소재를 잘 고르자

패스트 패션 속에 우리네 삶은 소재들에 따라서 가격 차이는 천차만별 하늘과 땅 차이다. 싸구려 제품은 소재가 사람들에게도, 자연들에게도 더욱 좋지 않은 것들이 대다수다. 처음에는 멀쩡하고 이쁘지만 몇 번 입고 세탁하면 할수록 미세플라스틱 알갱이들이 빠져나와서 우리가 먹는 음식 숟가락 위로 다시금 오른다고 하니 무심코 한 내 구매 행동에 경악을 금치 못했다.

지금과는 덜 오염된 세상을 물려받은 우리들 어릴 적 부모님 세대에서 쓰시던 자연 친화적 오염되지 않은 물건들이 세월이 지나도 질리지 않고 오히려 그 모든 것들을 다 품어서 빛바랜 명품이 되어 우리 삶에 녹아들어 있어 더욱더 멋진 것이다. 당장은 조금 가격이 있더라도 자연 친화적인 소재가 들어있는 제품을 고른다면 내 몸에도 자연들에게도 미래 살아갈 후손들에게도 조금은 덜 미안한 마음이 들 거라는 생각이 들었다.

　　나는 뭘 사면 십 년은 입고 덮고 쓰려고
한다. 아니 그 이상의 것들도 많이 있다. 갑
자기 더워진 날씨에 남들이 보면 별거 없는
이불 정리를 하면서 또또 많은 생각의 배를
여러 척 저 멀리 보내고 있고 벌써 보내 버
렸다.

노숙자의 노래

노가리가 불 위에서 튄다. 불에서 오징어도 튀어 오른다. 덩달아서 술잔을 잡는다. 내가 잘 살아왔던 많은 하루들이 초침 분침의 친구가 되어 망각 속으로 사라져 버렸다. 무엇을 많이 안다는 것은 그만큼 잃어야 하는 것이 많이 있을 수도 있다.

다리 밑 새벽시장 가는 길 찌그러진 스티로폼 의자들 해가 떠오르는 이른 시간이지만 그분들은 세상과 단절된 채 자기들만의 세상 속에서 서로 행복해하며 술잔의 환희를 즐기고 있었다. 매번 볼 때마다 계절의 흐름 속 그분들의 옷차림은 여전했고 외투 한 개의 떨어진 각자 삶을 벗었다 입었다 하면서 가느다란 명주실처럼 이어가고 있다. 봉이랑 산책 겸 시장을 갈 때면 선입견 때문에 겁이 나서 멀찍이 떨어져 걸었다. 그런데 네 분 중 한 분이 마시던 술을 내려놓고 우리 쪽으로 천천히 다가왔고 무서운 마음에 빠른 걸음으로 그 자릴 피하려 했지만 작정하고 오셔선지는 모르겠지만 어느 지점에서 만나게 되었다.

콩닥콩닥 내 심장은 마구 선입견의 방망이질을 쳤고 도망갈 방향만 찾았다. 그런데 아무것도 모르는지 봉이는 있는 그대로의 그분을 향해서 꼬리를 흔들며 멈춰 섰다. 술에 취해 눈의 초점이 풀린 그 분은 순간 "강아지가 참 이쁘네요."라며 해 맑은 표정으로 봉이를 칭찬했다. 왔다 갔다 여러 번 눈여겨봤었다는 말도 남기며 되돌아갔다. 가시면서 자기도 예전에 강아지를 키웠다며…. 나도 그분을 여러 번 세상의 잣대로서만 눈여겨봤었다. 무섭고 가엽고 비위생적인 선입견으로...하지만 그분은 봉이의 예쁘고 귀여운 면들만 생각하시고 술자리를 박차고 오셔서 우리에게 그 말씀을 해 주신 게 아닌가?

세상은 특권층의 사람들에 의해서 그 외 사람들의 삶들을 정형화 시켜버리는 게 보편화된 지 오래된 것 같다. 난 그런 특권층 부류도 아닌데 세뇌되어 살아왔나 보다. 그들의 삶들만 멋지다고 하기 엔 그들도 살아온 살아가는 삶들이 이기적인 편식들이란 생각이 든다. 아프고 죄송스러웠다. 이런 내 생각들을 바꾸려 노력을 많이 해야겠다. 오늘 시간 속에 저분들은 다리 밑 허름한 공간 속에 있을 뿐이지 과거와 미래에 저렇게 계시진 않았고 않으실 것이다.

젊은 거지는 괄세도 하지 말라는 말이 있다. 사람 팔자는 어떻게 될지 아무도 모른다. 몇 분 뒤 우리 삶도 모르는데 나부터 먼저 못되고 잘못된 선입견으로 세상을 보는 마음을 고쳐야겠다. 이른 봄바람이 아직도

차갑다. 더 이상 저분들의 삶들이 외롭거나
차갑지 않길 조용히 기도해 본다.

내 나이는 내가 만들어 가는 겁니다.

문득 거울을 오가며 보는 습관이 더 늘게
되었다. 10년 전 1년 전 아니 몇 달 전 내
얼굴의 세월 고랑이 하나둘 옅어져 생기더
니 마른장마에 갈라진 논바닥마냥 쩍쩍 입
을 벌리며 살아가는 세월을 노래하고 있다.
매스컴에선 바르기만 하면 당장이라도 십수
년 전의 미소년을 되돌려 주기라도 하듯이
불을 뿜어내듯 광고하고 있다. 내 귀의 얇음
을 세상 어디다 자랑하리오. 팔랑팔랑 벌써
주문 번호를 누르고 있고 언제나처럼 과대
광고는 나를 비웃기라도 하면서 통장의 잔
고로 또 하나의 슬픈 고랑을 그려내 놓는다.

곱게 늙은 사람들의 얼굴을 보면 그들은 평온하고 소박하며 자연스러운 주름을 지니고들 있다. 반면에 이렇게나 인공적인 무언가를 가미한 사람들은 젊어는 보이나 잔뜩 화나 보이고 어색해 보이며 무표정한 표정들을 하고 있다. 각자의 생각 관점의 차이라고는 하겠지만 대부분의 사람은 부드러움을 자연스럽다고 생각할 것이다. 우스갯말로 얼마나 더 젊어지고 싶은 마음에 피부를 당길 대로 당겨서 웃을 수도 울 수도 없는 얼굴이 되었다니 너무나도 무서운 이야기다. 뭐든지 간에 지나친 것은 부족한 것보다 못하다는 것을 어르신들이 항상 얘기해 주셨다. 정말 인공적인 요소들을 부재하고 자연스럽게 늙어가든 인공적인 요소들을 가미한 체 어색하지만 젊게 늙어가든 그것은 개개인의 취향이라고 생각한다.

내 생각은 어느 정도 적당한 선만을 지킬 수 있게 관리도 하고 꾸미기도 한다면 좋다고 생각한다. 누구에게나 오는 나이는 숫자이며 오늘이 내 인생에 가장 젊은 날이다.

그러기에 욕심을 부리지 말자 두 번 다시 오지 않을 날을 후회만 하지 말고 지금 당장 내가 할 수 있는 상황에서 내 나이를 나 스스로 젊게 만들어 갔으면 좋겠다. 남들과 비교를 하지말자 절대로.

수박 한 덩이도 다 못 먹는 세상

얼마 전 친한 지인이 이런 말을 했다. 요즘은 정말 수박이 먹고 싶다고 나는 아무 생각 없이 그럼 사 먹으면 되지! 무슨 이유가 있냐? 지인의 말이 혼자 살다가 보니깐 큰 수박 한 덩이 사게 되면 양이 많아서 다 먹질 못한다고 했다. 핵가족이 빠르게 진행되고 1인 가구 수가 늘어나면서 모든 먹거리 문제가 대량에서 소량으로 바뀌게 되었다.

어렸을 적 대가족사회에선 수박 한 덩이 쯤은 썰자마자 게 눈 감추듯이 싹 다 먹어 치웠다. 어찌나 배고픔에 허덕이는 세대인

지라 무쇠라도 녹인다는 말을 하시며 어른
들께서 웃으셨다. 그만큼 먹거리가 부족하
고 삶들은 많았던 가난한 시절 이만큼 먹거
리가 풍족하지만 사교하는 사람들은 줄어든
시절 알뜰도 병이 되어 수박 한 덩이 들고
떨며 같이 나눠 먹어줄 상대방을 찾아야 하
는 시대가 왠지 모를 짠해지는 인간성에 시
작점이 아닌가 하며 불안하며 슬퍼지기까지
하다.

　수박 한 덩이를 사고 같이 기꺼이 먹어
주리라고 하며 뜨거워진 마트 아스팔트 길
을 단둘이 룰루랄라 열기를 마시며 붉은 속
살에 수박 향과 맛을 삼키면서 집으로 돌아
왔다. 누군가에겐 사소하고 작고 외로운 배
려를 더 생각해 봐야겠다.

미역국은 끓고 있는데

생일이었다 1년 중에 내가 세상에 살면서 나란 존재란 걸 확인하는 가장 소중한 날이다. 사람들은 말한다. 바라지 말라고 그 기대치가 얼마큼인지 모르면서 그냥 내뱉은 게 아닌데 좋아하니깐 사랑하니깐 바랄 수도 있는 것이다. 그걸 하지 말라면 난 혼자다 교집합들 속에 난 합집합 외톨이다. 영원한 착각 속에 혼자서 돼지갈비를 먹고 왔다. 가장 사랑하는 내 생일에 조금은 어색하고 부끄럽지만 나까지 날 놓고 싶진 않았다. 소주 한 병까지 싹 비우고 웃으며 나오는 뒤통수가 썩 유쾌하진 않았다.

독특함에서 오는 평범의 흉내 내기 기대
하지 않음은 사랑함이 덜하거나 없어지는
것이다 항상 그랬듯이 나를 위해 미역국을
끓였고 오늘도 새벽녘 끓여놓은 미역국을
또 끓이고 있다. 내 사랑 봉이가 다가왔다.
물끄러미 나를 보며 기대치를 보인다. 봉이
가 바라보는 세상 눈높이는 항상 정해져 있
다. 나이가 들어가면서 고개를 들 힘도 없어
지는지

앞만 보고 다닌다. 일 년만의 기대치 미
역국은 끓고 있고 봉이 에겐 대궐같이 넓게
보이는 우리 집을 왔다 갔다 하면서 냄새도
맡게 하고 서로의 체온을 전하며 다녔다. 생
일 지난 미역국은 끓고 있는데.....

공중전화 부스

밤늦게까지 녹화를 마치고 나면 긴 여름 날 태양 빛에 혼쭐 난 식물들 마냥 흐느적흐느적 내 몸은 키만 유지하고 있지 모든 것들이 아래로 아래로 흘러내리는 느낌이 들었다. 하루 종일 분장실과 녹화 스튜디오를 오가며 수많은 사람들과의 에너지들 충돌로 맞지 않음에도 스며들어 줘야되는 고단함에 이 한 몸 누일 수 있는 공간이라면 얼른 숨어들고 싶은 하루하루의 연속이었다.

언제나처럼 마지막 전철의 응원 소리를 들으며 기나긴 고달픈 삶의 무게를 가느린

두 다리에 의지해서 한 계간 두 계단 오르
고 또 오르면 완전 혼자가 될 수 있는 꼭대
기 월세방이 나를 기다려 줬다. 메이컵 가방
과 옷 가방 두세 개씩 들고 추적추적 불 꺼
진 상가들의 거리를 걷다 보면 밤 시간의 적
막보다는 낮 시간의 북적이는 나를 생각도
해보는 잠시 모순의 시간도 들었었다. 어두
워진 도시는 혼자인 사람들은 혼자라서 기
쁘게도 하지만 (모든 얽히고설킨 것에서 벗
어난 것에 대해서) 그 생각도 잠시 사치라는
듯이 혼자라는 모든 하루 삶의 서글프고 아
픈 감각이 한순간에 내 육체와 정신 속으로
녹아내려 버린다. 마치 내가 이 도시 어둠
속으로 빨려 들어갈 것처럼 소름 끼치는 경
험이 생겨난다. 어디를 가야 할지 모르고 방
황하며 갈 곳 잃은 생명들처럼....그럴때면
사거리 건너 굽이진 골목길 (언제나처럼)

환한 백열등 불빛을 보내며 여기가 안전
한 곳이라는 등댓불처럼 반짝반짝 포장마차
가 허름하게 웃으며 서 있었다. 항상 돈이라
는 친구는 동전의 짤그락 소리만 내면서 자

기도 부끄러운지 주머니 귀퉁이 속에서 요리조리 돌아다니는 형편이었다. 하지만 힘든 하루 속에 나를 위해서 몸에는 미안하지만 정신을 위해서는 위로의 알콜 쓴 한잔을 날려 주고 싶었다. 겨울의 골목 댓바람을 막기 위해 내려쳐진 천막을 비집고 들어갔다. 짤그락거리는 내 주머니 사정이라도 긁어내려는 사장님의 얄밉고도 푸근하고 고마운 사람 좋은 미소가 단골이라는 초라하지만 푸근한 술상을 차려 주셨다.

이런 사정을 아시는지라 항상 소주 한 병에 오뎅 국물. 사그락거리는 푸른 지폐가 두어 장 들어있는 날이면 제일 싸고 맛도 좋았던 똥집 볶음 언제나 메뉴는 돌고 돌았다. 인심 좋은 사장님은 내 주머니 사정을 아시는지 아님 그곳에 오는 사람의 인생 주머니 사정을 아시는지 이것저것 서비스를 돈과 상관없이 퍼주셨다. 몇 잔의 취기로 손발 끝에서 밀려 올라오는 겨울바람에 시리도록 아픈 감각을 마취시키며 달달 떨며 하루의 모든 안 좋은 것들을 살풀이 하며 날려 보냈다.

술병의 술이 비워갈수록 하루의 힘든 갑옷들을 벗어놓으며 싸구려 분위기 속에 나를 뒀다는 자책감을 떠나 황제가 된 듯 세상 가득 풍요로움에 그곳을 매번 떠날 수 있었다. 비틀비틀 귀족 체험에서 잿더미 시녀로 돌아온 신데렐라처럼 언덕배기 원룸으로 향할 때면 하루의 마지막 쓸쓸함이 내 발자국을 천근만근 다음으로 디딜 한 발자국을 잡고 있었다. 그럴 땐 종교는 다르지만 성당 안 마리아 님에게 가서 기도도 해보고 다시 나와 세상 제일 사랑하는 나에게 연락을 해보았다.

나처럼 누구나 들어와도 좋은데 꼭 볼일이 있어야 들어오는 항상 이유가 있어야 하는 곳 좁디좁은 공중전화 부스였다. 동전을 넣고 내 사서함에 목소리를 남겼다. 너 많이 힘들지 지금 잘하고 있고 잘 살고 있어 너무 외롭게 생각하지 말아 내가 있는데 무슨 걱정이야 모든 세상 사람이 다 너를 버리고 떠나가도 내가 있잖어 내가 너를 사랑해 우린 죽어서도 뗄레야 뗄 수 없는 존재인 것 너도

알 거야 힘내 파이팅 사랑해 뚝.뚝.뚝. 내 목
소리를 남기고 몇 분 뒤 사서함에 녹음된 듣
고 싶지 않은 말들은 바람처럼 버려두고 울
먹이며 나를 응원해 주고 나를 간절히 찾는
내 목소리를 듣고서 그날도 가파른 경사진
길을 시지푸스 마냥 오르고 올랐었다. 나를
사랑해 주는 나를 위해 눈물을 삼키고 흘리
며....

엄마는 그래도 되는 줄 알았습니다

어릴 적 부엌 아궁이에 불을 지펴 밥을 하고 난 뒤 조금씩 잦아드는 알 불에 소금단지 속에 고이 보관하던 살이 바짝 올라야 정상이던 고등어 그 시절엔 고등어마저 비쩍 말라 다이어트한 버전으로 슬프고 안타까운 과거를 기억하게 한다. 검붉은 숯불의 화려한 춤사위로 가마솥 안의 밥물이 흐르고 호박잎 된장 찜의 외따로이 맛들을 섞어서 소박한 시골 밥상은 솥뚜껑 들썩이던 절정에서 조용하게 엔딩하며 사그라든다. 그럴 때면 여기저기 낡아서 철사로 떨어져 엮은 석쇠에 살포시 고등어 한 마리가 잠이 든 모든

식구뿐만 아니라 시골 마을 사람들의 노동
에 쩔은 아침 단잠을 요란한 탁상시계보다
더 강력한 배꼽시계를 매혹의 향기로 두 눈
이 번쩍 떠지게 단숨에 깨워버렸다.

고등어 냄새가 더욱더 퍼져갈수록 알 불
은 조금씩 속살을 맛있게 익게 도와주며 마
지막 검은 잿빛으로 장렬히 전사했다. 생각
많으셔서 손 빠르시던 엄마께선 양철 둥근
밥상에 잘 구워진 고등어구이를 메인으로
일등 세우고 호박잎 된장찌개 이등 삼등 세
워 소박한 시골 밥 한 상을 차려 내셨다. 연
일 누적된 노동으로 피로함의 천금 같은 눈
곱을 떼고 고양이 세수마냥 까치집 풍년인
세수를 하고 밥상머리에 삥 둘러앉았다. 워
낙 대식구인지라 항상 밥상은 비좁았고 쌀
이 섞인 밥을 식구들한테 양보하고 남은 눌
은 보리밥을 퍼 담으셔서 엄마는 방바닥에
다 그릇을 두고 드셨었다.

엄마는 항상 그래도 되는 줄 알았다. 눈
치 없는 우리들은 오랜만에 풀만 뜯었던 육

식 동물 마냥 한 점의 살이라도 더 먹을라치면 아무도 먹지 않았던 머리나 꼬리지느러미를 당신은 그릇에 담고 드셨다. 그런 남은 조각들이 제일 맛있다고 하시며 고등어 한 마리에 일고여덟 명이 뜯으니 한 젓가락이면 끝이 나 버리는 상황이었다. 그러기에 신중하게 살이 많은 부위를 잘 골라야 되었다. 외할머니 아버지를 배려하면 실제 우리들에게 돌아오는 조그마한 살점도 지금 생각하면 감사했다. 그런 맘을 지금은 알고 그땐 몰랐을까?

내가 어른이 되고 나서도 여전히 엄마는 고등어나 생선을 구우시면 머리부터 찾으셨다. "엄마 그렇게 생선 머리가 맛있어?" 어두육미라는 말도 있고 해서 정말 궁금해서 여쮜봤더니 "야야 대가리가 뭐가 맛있겠노? 살이 맛있제 니들 한 점이라도 더 맥일라고 그런 거 아이가" 엄마도 똑같은 사람이셨구나 가슴이 이만큼 쿵 하고 뭔가 내려앉았다. 사소한 고등어 드시는 마음 한구석의 자식 사랑이 이만큼인데 돌아가시기 전까지 내

이기심에 가끔씩 엄마는 그래도 되시는 줄
알았답니다. 돌아가시고 난 지금에서야 참
회의 눈물로 엄마는 그러면 안 되시는 줄 알
았답니다.

산책 _ 애기 고양이 무덤

일주일에 최소한 삼일 이상은 산책을 하려고 한다. 운동이라면 숨쉬기 운동 외엔 그렇게 좋아라하는 종목이 없는지라 사회적 변화에 집에만 갇혀 있었던 몇 년 세월에 10kg이 넘게 살이 포동포동 올랐다. 다른 것들은 다 제쳐두고서라도 내 몸의 움직임이 어둔해지고 힘이 들었다. 그래 서서히 조금씩 내 몸을 예전으로 돌려보자 결심하면서 새벽에 일어나 산책을 갔다.

골목길을 지나 대로변을 따라 하천 보이는 길에 다다랐을 때쯤 병원 주차장에 주차

된 차량 앞에 애기 고양이로 보이는 물체가 쓰러져 있는 게 보였다. 어떻게 라며 다가가 보니깐 차량에 치여서 죽어 있는 것이 아닌가? 깜깜한 밤에 지나다니다가 주차하는 차에 변을 당한 것 같았다. 마음속으로 몇 번의 천국으로의 기도를 드려주고 묻어는 주고 싶은데 마땅히 도구가 없고 묻어 줄 곳도 없었다. 요즘은 세상이 무서운지라 잘못 손댔다가 내가 못된 마음으로 어떻게 했다는 오해 아닌 오해를 받을 수도 있겠다 라는 생각이 스쳐 갔다.

무거운 마음을 뒤로 두고 산책길을 따라 애써 떨치며 다른 생각들로 마음을 잡으려고 했었다. 한 시간쯤을 넘게 걸어도 모든 잡스러운 생각들은 더욱더 큰 미안함에서 오는 죄책감으로 애기고양이 생각만으로 꾹 차올랐다. 산책을 하는 둥 마는 둥 하고 다시 병원 주차장으로 갔다. 가면서 마음속으로 누군가 좀 묻어 줬으면 했다. 하지만 기대는 실망으로 다가오는 경우가 많듯이 여전히 그 자리에 으스러진 채 누워있었다. 만지기도 힘든 모습이었다. 주변을 살펴보니 조그마한 화단이 보였다. 묻어 주는 게 불법이라고 하지만 지금의 내 맘은 그 선택권이 최선이라는 판단이 들었다. 도구를 찾아 부러진 나무 조각으로 큰 나무 밑 땅을 파고 너무 처참한 모습이라 박스 조각을 떼서 애기고양이 시체를 들어서 묻어 주었다.

다정도 병이라고 이런 상황을 보면 지나쳐 가면 되는 것을 난 그러질 못한다. 나는 예전에도 여러 번 큰 고양이 몇 마리를 묻어 준 적이 있었다. 묻어 줄 때 사람들의 시선은 자기들은 하지 못하면서 오해의 눈빛들을 산책하는 척하며 날려 주었고 어떤 사람들은 꼬치꼬치 물어보는 사람도 있었다. 쉬운 일이 아니다. 하지만 최소한 남이 하는 선의의 행동들을 오해부터 하려고 덤비는 성급한 나쁜 생각은 접어두었으면 한다. 제발 운전하실 때 앞, 옆, 뒤 전체적으로 잘 보시고 움직이는 생명체가 지나갈 때나 다가올 때는 배려와 양보로 조심 운전하셨으면 합니다. 우리 인간들도 움직이는 생명체이니깐요

욕심을 쫓으며

항상 산책을 다니는 길에 오래되고 방치된 문 닫은 운전시험장이 있었다. 처음에는 그래도 간간히 영업을 하는 것 같더니만 어느 순간 방치된 채로 사람들이며 차들이 사라져 버렸다. 새벽녘에 그 곁을 지날 때면 을씨년스럽기도 하여 금방이라도 무서운 어떤 것들이 튀어나올 것만 같았다. 변두리도 아닌 시내 가까운 곳에 이런 비싼 땅이 그냥 방치된 것이 보기에는 썩 좋진 않았다. 하지만 그곳에 심어진 가로수들은 꽃을 예쁘게 피우는 무궁화나무, 초여름에 황금색 오자미를 뚝뚝 떨어뜨려 주는 살구나무, 그리고 이른 봄꽃을 피워 가지 않으려는 겨울을 쫓아주는 매화나무가 멋스럽게 자릴 잡고 사람들이 빠져나간 빈자리를 꽉 채워 몇 년을 버텨 주었다.

어느 날 밖에서 들리는 공사장 소음에 옥상으로 올라가 아래를 바라봤더니 커다란 중장비가 굉음을 내며 공포영화 촬영지 같은 건물을 부수고 있었다. 거기까지는 그나마 좋은 감정이 들었지만 순간 그 나무 친구들을 못 본다는 슬픈 감정이 교차를 하는 게 아닌가? 아니나 다를까 어김없이 나무 친구들은 중장비에 힘없이 뽑히고 나뒹굴며 사라져 버렸다. 부디 좋은 곳으로 가서 자리 잡고 잘 살았으면 하는 바람으로 마음이 아려 왔다. 모든 좋은 것과 나쁜 것들이 싹 다 치워지고 아무것도 없는 평지가 되었다. 익숙한 모습들의 모든 것이 사라져 평정을 이루기에도 아련함과 쓸쓸함이 더 많이 밀려왔다. 그로부터 급속도로 공사가 진행되었다.

산책을 다니면서 주변 사람들에게 무엇

이 생기는지 물어봤으나 처음에는 모른다는 말들이 많아지다가 차츰차츰 마트가 들어선다고 하는 사람들이 늘어났었다. 뚝딱뚝딱 여러 달이 지나고 공사는 막바지로 향해서 정말이지 번갯불에 콩 구워 먹듯 큰 마트가 짜잔 하고 세워졌다.

집값이 오르네 살기 좋으네 긍정적인 소리와 큰 마트가 생기니 작은 마트가 다 죽네 시끄러워지네 사람들의 반응은 이분법적으로 나눠졌었다. 아니나 다를까 오픈하기 전 어찌나 시끄러웠던지 확성기로 방송을 하며 온 시내를 소리소리 지르며 다니고 그 마트에서도 엄청 떠들어 댔었다. 편리함을 쫓으려는 욕심에 다 참았다. 처음 오픈하고 과한 욕심인지 몰라도 에어컨을 너무 세게 틀어놔서 37~38℃ 넘는 한 여름에도 매장 안에만 들어서면 시원함을 넘어 덜덜덜 춥다는 사람들이 많았다.

차들도 예전보다 훨씬 많아지고 소음도 더 커지고 편해진다는 게 행복한 것 인줄 어리석게 생각했지만 버린 게 하나면 얻어지는 게 두세 개를 넘어선다는 걸 눈 잠깐 가리고 아웅 해 지는 건지는 몰랐었다. 그날도 마트에 들어가서 콩나물, 두부 등 이것저것 장바구니 가격 부담 덜 한 식재료를 담고 있었다. 그런데 무를 쌓아놓은 코너 앞에서 웬 검은 쪽지가 떨어져 있는 것처럼 보였다.

호기심이 발동해서 무언가하고 가봤더니만 큰 비단 나비가 땅바닥에 누워있었다. 그 순간 얘를 살려야 된다는 생각에 얼른 주머니 속 휴지로 살짝 감았다. 매장 안으로 사람을 따라 들어왔다가 너무 추운 온도에 날지 못하고 바닥에 붙어있었나? 아니면 들어오긴 했는데 나가는 길을 잃고 날아다니다가 힘이 빠져서 누워있었나 별별 생각을 하면서 나비를 감싼 종이를 들고 밖으로 나가 햇살이 내리쬐는 바위 위에 내려놓았다.

죽은 것처럼 꼼짝 않던 나비는 그제야 따뜻함으로 힘을 얻었는지 조금씩 움직이고 있었다. 풍성하고 예쁜 무궁화나무, 황금 살구나무, 봄을 당겨주던 매화나무는 흔적도 없이 사라져 버렸고 갇혀서 추위에 떨던 이쁘고 멋진 나비는 인간의 이기심으로 세워지고 만들어지는 편리해지려는 것들로 인하여 우리들 대신 큰 슬픔과 아픔을 말도 없이 혼자서 겪었던 것이다. 이런 식으로 계속 산다면 그 화살이 우리들에게 올 날이 머지않았으리라는 소름 돋는 상상 속에 몸서리쳤다.

방아 꽃

살랑이는 바람에 가을이 익어간다. 옥상 테라스 화분 속 방아 꽃에도 윙윙 날갯짓이 바쁜 꿀벌들이 겨울을 채비 중이다. 여기저기 작은 꽃봉오리 속 꽃가루들을 작은 이쁜 양손을 흔들어 조심스레 무쳐서 어디론가 사라졌다 다가오기를 반복한다. 무엇이 얼마큼 있을까 싶은 저 조그마한 꽃 단지 속에 연신 우물물을 긷듯이 넣었다 뺐다 하며 가을 오후 햇살에 나른한 나의 시선을 사로잡는다.

올봄 봉이랑 산책하다가 지인분 텃밭을

지나게 되었을 때 감사하게 얻어온 한 뿌리
였는데 지금은 마치 자기가 나무라도 되는
양 가을빛 가운데 우뚝 팔을 펼치고 위풍당
당하게 바람의 오케스트라에 햇빛의 춤으로
살랑살랑 몸짓에 혼자만의 계절을 탐닉하고
있다.

　방아를 심게 된 건 친구로부터 방아 매력
을 듣게 돼서 한그루 얻어 심은 것이다. 경
상도 지방에서는 여름철 여기저기 음식 재
료로 많이 쓴다고는 하지만 박하 향이 강한
냄새나 맛이어서 호불호가 갈린다. 특히 축
축한 장마철 민물고기라도 잡아서 요리할
때면 민물고기 특유의 비린 맛을 잡아주는
방앗잎이 필수적인 식재료로 음식들에 들어
가곤 한단다. 입맛이 조금 칼칼하고 속이 좋
지 않을 때는 부추에 청양고추, 방앗잎, 당
근을 채 썰어 아님 당근 대신 애호박을 채
썰어 전을 지져 먹으면 거북하던 속이 조금
은 진정세로 돌아오곤 한다. 아무렇게 두어
도 생명력 강한 방아는 착하기도 하지

　　사그라져가는 가을 햇살에 꽃대의 작은 봉우리들로 날갯짓이 바빠서 힘이든 꿀벌에게 마지막 위로의 꿀을 나눠준다. 가을바람에 누런 방앗잎들이 하늘을 향해서 춤을 추고 있다. 나 역시도 나이 들어 익어 가면 나의 모든 것들을 내어놓을 수 있을지가……?

인생 나이테

어렸을 때부터 난 멀리 가는 사람들의 삶을 동경하였었다. 맨날 자고 눈 뜨면 볼 수밖에 없는 올록볼록 적당히 솟은 앞산과 크지도 작지도 않은 적당한 시내가 흐르고 답답하지도 않지만 그다지 넓지도 않은 적당하게 펼쳐 저 있는 논밭들이 어릴 적 삶을 그려주고 있었다. 또래보다 일찍 철이 든 난 항상 익숙함의 편안함보다는 모르고 못 본 세상의 설레임을 그리워하곤 했었다.

지금에서야 떠 올려보면 쓴맛을 맛보지 못한 갓난쟁이만의 인생 초보의 달콤한 상

상이지 않았나 한다. 해 질 녘이 되면 익숙
함에서 오는 답답함을 달래기라도 하듯 적
당하게 솟아오른 둑방 위에 홀로 앉아 지는
석양을 보면서 이곳이 아닌 저곳의 세상 사
람들의 사는 모습을 그리곤 했었다.

오묘한 붉은 계열의 컬러와 가끔씩 섞이
는 검은색 계열의 조합들은 오늘날 인간들
의 자조 섞인 한숨과 호탕하리만큼 속 시원
한 웃음들로 채색된 노을이 우리네 삶을 보
여준다는 것을 그땐 몰랐었다. 누구네 집사
람들이 버스 타고 멀리 갔다 왔다. 라는 말
은 소문거리가 없었던 적당한 시골 마을의
엄청난 가십거리가 되었었다.

그런 보지도 않은 이야깃거리들에 따라
오는 뜬소문들은 어린 내 마음에 좋은 것들
로만 채워졌었다. 조금씩 나이 들어갈 즈음
누나 동네 형 동네 누나들이 세상 속으로 버
스를 타고 사라지더니 돌아오지 않았다. 그
럴 때면 자주 오르던 둑방길에 앉아서 오지
않는 사람들에 설레임보단 보지 못했던 세

상에 대한 불안감에 꼬역꼬역 한숨만 쉬었
었다.

어른이 된 지금 그때 그 버스가 아니라
멋지고 잘생긴 내 차로 어디든 맘만 먹으면
다닐 수가 있다. 하지만 어릴 때와는 반대로
설레이는 내 눈 밖의 세상보다는 내 눈에 익
은 이곳을 떠나는 것이 조금은 불안감이 들
기도 한다. 사람들은 나를 보고 예전엔 안
그러더니만 집돌이가 다 되었다고 한다. 맨
날 집에 있는 것이 그런 말을 들을 만도 하
다. 어찌 보면 어렸을 때 설레임에 들떠 오
만가지 사건과 사람에 귀싸대기 여러 방 제
대로 사람에 나가떨어져 버린 적이 여러 번
있었다.

그제야 나만의 정들고 익숙해진 테두리
가 가장 안전하고 포근하다는 것을 맛 들여
져 가는 지금에서야 알 수가 있게 된 인생
나이테가 아닌가 생각해 본다.

용서

기억 속의 모습도 아련하게 쓰러지는 몇 십 년 전 넓디넓은 운동장 한 켠의 작고 가녀린 소년은 후배들과 친구들의 장난감이 되어 있었다. 그 수많은 사람들과 탁 트여 세상을 다 밝힐 듯한 끝이 아스라이 보이던 곳에서 혼자의 몸으로 세상 다름의 아픔을 혼자 오롯이 받아들이고 서 있었다. 애들은 나를 시험 삼아 밀치고 겁주며 마치 또래집단 속의 영웅이라도 된 듯 한 번 그러고 나면 돌아가 키득키득 비웃으며 벌레 보듯이 금방이라도 어떻게 때려잡을 듯이 나를 쏘아보았다.

예전에는 무슨 행사들이 그리도 많았던지 학교에서 운동장에 전교생 집합하는 모임들이 잦았었다. 그럴 때면 사냥감 쫓듯이 운동장 구석으로 나를 몰아세우며 순수한 감정의 애 한 명을 잘못된 영웅 놀이의 무리가 뭉쳐지게 되면서 걷잡을 수 없는 신념이 생겨 두려운 악마가 되었었다.

햇살이 눈부시게 내 눈을 사로잡고 수많은 꽃들이 세상 멋진 향기들을 선물하던 날 그 어린 소년은 의례적인 행사인 양 작은 몸으로 받아들이며 무리 속 다른 친구들에게 도움의 눈빛을 보내보곤 했었다. 그럴 때면 무리 속의 아는 애들의 눈빛은 고개를 돌리지도 않고 세상 말로는 표현 못 할 더 야비하고 더 무서운 광선으로 나를 쏘아보았다. 그렇게 해야지만 그렇게 하지 않으면 인간 집단 속 궁상들의 구성원에서 쫓겨나는 걸 어린 것들도 알았던 듯 더 아프게 내 맘을 찌르곤 했었다.

말로 표현이 안 되고 글로 쓸 수 없는 그

때 감정들을 지인들은 잊으라고 쉬이 좋게
들 말을 하지만 지금 중년이 된 이 나이에도
가끔씩 컨디션이 안 좋거나 날씨 변덕이 있
을 때 구석으로 밀려난 그 어린애가 나를 보
며 도와달라고 한다. 용서는 했지만 내가 잊
을 수는 있을지.....

남이 해 주는 음식

나는 음식을 먹을 만큼은 한다는 소리를 가끔 듣는다. 맛있다는 것이 아닌 건강한 느낌이라는 소리를 듣는 게 제일 기분 좋다. 술을 즐기며 좋아하는 나로서는 술 빼고는 입으로 들어가는 것은 깨끗한 걸 먹으려고 한다. 거기에 좋은 것까지 찾고 싶지만 그러기엔 돈이 너무 많이 들어간다. 내 형편에 역부족인 상황이다 하지만 비싸다고 다 좋은 것만은 아니다 오히려 비싼 것들이 과장되고 안 좋은 것들로 포장되고 덧 씌어져 뽐내는걸 많이 봐왔다. 지인들은 제일 안 좋은 술을 끊으라고 웃으며 말한다. 난 세상 속에

만끽하는 유일한 기쁨 중에 한 가지는 일과
를 끝내고 맞이하는 술상이다. 세상 속 수많
은 상들이 있지만 나는 이 술상이 지금은 제
일 좋고 나중에도 제일 좋을 것 같다.

음식을 하면서 나는 점점 내가 하는 음식
들에 흥미를 잃어가고 맛을 즐기지 않게 되
었다. 조미료를 싫어하는 것은 아니지만 일
부러 찾아서 넣지는 않는다. 그래서 내 음
식은 이 세상 사람들의 보편적인 맛은 아니
다. 음식은 요리를 하면서 맡는 냄새들로 후
각을 가득 채우고 머리를 가득 채우고 몸을
가득 채우면 진즉 먹을 때가 되면 먹고 싶은
욕구를 잃어버린다. 내가 한 음식을 잘 먹어
주는 지인들이 좋기는 하지만 나는 그게 아
닌 상태가 되어버린다.

한 가지 음식이 태어나기까지 내 손의 수
고로움과 레시피 속 내 마음의 혼란스러움
과 내 몸의 분주함은 나를 맥 빠지게 맥 풀
리게 만들어버린다. 그걸 음식을 해본 사람
은 알 것이다. 그래서 이기적이지만 그 수고

로움과 혼란스러움과 분주함을 업으로 삼으
셔서 엄마 마음의 기쁨으로 한 단계 도롤 넘
으신 그분들이 하신 음식을 나는 감사하고
사랑한다. 왜 나도 그 마음이고 그 마음을
아니깐 식당 하는 사람은 굶어 죽는다는 옛
우스갯말이 있다.

　내가 가장 아끼는 지인분들 중에도 여주
에서 식당 하시는 분이 계신다. 그분들이 그
러하다. 남들에게 맛있는 음식 대접하느라
정작 본인들은 밥때를 놓치거나 굶는 일이
다 반사라 한다. 그 맘들이 이쁘고 슬프고
미안해서 나는 남이 해 주시는 음식이 제일
맛있다. 남의 배는 채워주지만 정작 본인 배
는 채울 시간이 없다는 말이다. 참 슬픈 말
이다. 나는 남이 해 주는 음식이 제일 맛있
다.

정리를 하자!

무엇이 많다. 버려야 하고 정리해야 하는데 그것 또한 하나하나에 추억이라는 버리지 못하는 것들에 의미를 부여하고 잔뜩 담고 살고 있다. 많아요. 어떡해요. 대단해요. 형용할 수 없는 말들의 쏟아짐을 담으며 이 나이까지 굴러왔다. 나라고 얘들이 마냥 좋지만은 않다. 하나만 신경 쓸 것을 몇십 개를 신경 쓰면 남아나지 않은 것은 내 몸뚱어리다. 여기저기 아파 오기 시작하면서 생각하는 건 아프지 않고 힘들지 않게 이 추억 덩어리들을 정리하는 것이다. 더 이상 아름다운 반짝임 들이 지긋지긋한 쓰레기로 보

이지 않기를 무거운 답답함의 어쩔 수 없음
이 되지 않기를…

　주문 외우며 인생을 그리고 살아온 삶의
무겁던 가볍던 흔적들을 이제는 지워야 한
다. 내 채워지지 않는 가슴 속에 버려야 될
기억들을 저장해두고 먼 훗날 물질이 아닌
존재했음에 의미를 두는 나에게 박수 칠 수
있도록 정리를 하자!

문득 생각나는 것들

따뜻한 아랫목에 배를 깔고 누워본다. 오늘 학교 갈 일이 제일 큰일이다.

어린 나이에 생각들은 어른보다 더 많은 상처들을 안고 산다. 비가 오거나 눈이 오는 날은 더욱더 아랫목과 떨어지기 싫다. 마음이 아프다. 뜨끈한 침대 위 전기장판에 배를 깔고 누웠다. 오늘 일하러 갈 일이 제일 큰일이다. 늙어가는 나이에 생각들은 꿈을 버려서인지 많이 접어 버렸고 잊혀져 사라졌고 아예 기억도 나질 않는다.

그 옛날 그 소년과 지금 중년의 모습으로
세월을 살아가는 한 사람이 똑같은 아랫목
을 그리워하고 있다. 막연하게 진짜 좋아서
그것밖에 몰라서이던 게 그리워서 진짜 그
리워서 그것 하나밖에 만 그리워서 세월 속
묻혀버린 추억들을 소환한다. 몸이 아프다.
따뜻한 고향 집 아랫목이 생각난다.

남강 식당

어찌어찌 젊음의 모퉁이를 돌다가 엮어
진 불타는 나날들의 삶이 남아 있는 곳이다.
결과엔 이유가 따라오듯이 내가 사랑하는
지인들이라고 할 수 있는 명분을 만들게 된
곳이다.

여주에선 한 시대를 풍미하며 방귀깨나
뀌고 맛을 좀 안다는 미식가들 멋을 좀 아는
돈푼깨나 있다는 한량들의 소박하지만 큰
식당이었다. 첫 번째 어머님의 손맛은 내놓
으라는 우리나라 1세대 스타 요리사였던 분
의 스카웃 제의까지 마다하시고 시골 밥상

의 화려한 손맛의 진수를 보여주셨다. 소녀처럼 수줍고 어여쁘신 그분은 항상 식당 앞마당에 아기자기한 이쁜 꽃들을 가꾸셔서 오가는 손님들의 뼈 시린 고단한 삶들을 사계절 녹여 내 주셨다.

그 손맛은 항상 자리 없어 대기나 다음 기회로 이어지곤 했었다. "식당 하는 사람 굶어 죽는다"라는 우스갯말이 있다. 남들의 헛헛한 배 속을 채워져야 하니 정작 본인들의 위장은 뒷전이었다. 뚝딱뚝딱 왔다 갔다 시계추 마냥 분주한 세월을 오가시며 어머님의 청춘을 식당에 녹여 내셔 단골이라는 삶의 명작을 두시고 뒤안길로 조용히 은퇴하셨다. 어머님의 큰따님은 멋을 알고 즐기는 맛쟁이 유학 엘리트이다. 미술이라는 멋진 옷을 입고 잠깐은 모든 세월의 풍파를 맞기도 하며 투덜투덜했었지만 전공과 동떨어진 남강의 두 번째 얼굴이 되었다.

어머님의 소박하고 정이 넘쳐났던 사철 다른 음식들은 고스란히 전수되어 삐뚤빼

뚤 요리 초급생을 지나서 멋지고 당당한 맛
으로 다시금 남강식당을 지키게 되었다. 나
의 빛나는 젊음이 녹아들어 있고 그 속에서
맺은 인연들은 빛바래졌지만 젊음의 선명한
추억이 있는 그곳이 아파야만 생기는 조개
의 눈물처럼 아름다운 진주가 되었으면 한
다. 여주 그곳에서

에필로그(epilogue)

이 책을 끝까지 써 내려오며 나는 여러 번 멈춰 서야 했다, 문장이 막혀서가 아니라 잠이 오지 않아서였고, 몸은 침대에 누워 있으나 마음은 끝내 눕지 못한 채 새벽의 가장 얇은 시간 위를 서성였기 때문이다, 불면은 늘 나를 가장 솔직한 자리로 데려갔고 아무도 보지 않는 시간 속에서 나는 내가 누구인지, 무엇을 붙잡고 여기까지 왔는지를 다시 묻게 되었다.

어둠은 생각보다 친절해서 낮에는 외면하던 기억들을 조용히 꺼내 보여주었고 그 기억들 속에는 어머니의 기다림과 누렁이의 눈빛, 가난했던 밥상과 끝내 사람을 포기하지 못했던 나 자신의 모습이 겹겹이 포개져 있었다, 잠들지 못하는 밤마다 나는 쓰지 않으면 안 되는 사람이 되었고 버리지 않으면 안 되는 감정들을 하나씩 내려놓으며 문장을 남겼으며 그 과정은 고통이었으나 동시에 선물이었다, 왜냐하면 그 고통이 나를 가장 낮은 자리로 데려갔고 그 자리에서야 비로소 삶을 원망하지 않고 바라볼 수 있었기 때문이다,

이 책은 잘 살아온 사람의 기록이 아니라 흔들리면서도 끝내 사람 쪽으로 고개를 돌려온 한 인간의 증언이며 누군가에게는 지나간 이야기일지라도 누군가에게는 지금의 밤을 건너는 작은 등불이 되기를 바란다, 문장을 마무리하는 이 순간에도 여전히 잠은 쉽게 오지 않지만 이제는 그 불면을 두려워하지 않는다, 그 밤들이 있었기에 나는 나 자신을 속이지 않고 이 책을 끝낼 수 있었고 그 모든 시간 위에 고백처럼 이 문장을 남긴다,

내 불면에서 오는 고통의 선물로 하나님께 영광을 바칩니다.

그리움이 거기 머물거든
엄태양 글 모음집

인쇄 2026년 03월 16일

발행 2026년 03월 31일

발행인 이은선

발행처 반달뜨는 꽃섬 [서울시 송파구 삼전로 10길50, 203호]

연락처 010 2038 1112 E-MAIL itokntok@naver.com

ⓒ 엄태양, 저작권 저자 소유

ISBN 979-11-91604-69-6　(03810)

그리움이 거기 머물거든
엄태양 글 모음집

인쇄 2026년 03월 16일

발행 2026년 03월 31일

발행인 이은선

발행처 반달뜨는 꽃섬 [서울시 송파구 삼전로 10길50, 203호]

연락처 010 2038 1112 E-MAIL itokntok@naver.com

ⓒ 엄태양, 저작권 저자 소유

ISBN 979-11-91604-69-6　(03810)